徳 間 文 庫

きっと、誰よりもあなたを愛していたから

井 上　剛
栗俣力也　原案

徳 間 書 店

CONTENTS

I loved you more than anyone.

本文デザイン：AFTERGLOW

プロローグ

【会社員女性自殺、暴行事件との関連なし】

二十三日午前七時ごろ、東京都A区B町三丁目のマンションの一室で、この部屋に住む会社員の女性（24）が死亡しているのを発見したと、同居の家族から一一九番に通報があった。

警察の調べでは、女性は首をつった状態で発見されたが、家族によると自殺の動機に思い当たるものがないため、昨年から都内で散発的に発生している、ひとり暮らしの女性を狙《ねら》った暴行事件との関連が疑われた。

しかし、遺体に外傷がなく、室内を物色した形跡もないことに加え、家族にあてた書置きのようなものが残されていたことから、事件との関連性は薄く、自殺の可能性が高いと見て、引き続き調べている。

お姉ちゃんが死んだ。

社会人二年目のお姉ちゃん、大学三年生のあたし。２ＤＫのマンションで二人暮らし。

その日の朝、けたたましいベルの音で目が覚めた。

あたしより先に起きて朝ごはんの用意をしてから、あたしの部屋をノックするのが、お姉ちゃんの日課。布団にくるまった状態でそれを聞いて、手を伸ばして目覚ましを解除するのがあたしの日課。だから、お姉ちゃんが出張とか早朝出勤とかで家にいないとき以外、朝七時にセットされたベルの出番はない。

ベルを止めて、眠い目をこすって、パジャマのままベッドから降りて、自分の部屋を出て、隣のお姉ちゃんの部屋へ行った。いつもと反対に、あたしがお姉ちゃんの部屋をノックした。

ゴン、ゴン。音が鈍い。

しばらく待ったけど、返事はない。

キッチンのほうを振り返った。ダイニングテーブルの上は、ガラスの一輪挿し以外には何にもない。お姉ちゃんがあたしを起こさずに出かけるときはいつも、あたしの朝ごはん用の食器を出しておいてくれてる。だから、出かけてしまったわけじゃない。

ゆうべはあたしもお姉ちゃんも、夜更かしした。テーブルをはさんで、いろいろお喋《しゃべ》りした。お姉ちゃんはハーブティー、あたしはホットワインを飲んで。お姉ちゃん、いつもよりハイな感じで、あたしよりたくさん喋ってた。くたびれたせいか、途中からはすごく眠そうだったけど、そんな翌朝でも、いつもならあたしより先に起きてくる。

ドアノブをひねってドアを押してみたけれど、開かない。ちょっとだけ、ガタガタとは動かせるけど、開かない。

胸の動悸《どうき》を覚えながら、自分の部屋に戻って、サッシ窓からベランダへ出た。カーディガンも何も羽織ってないので、一月の朝の刺すような冷気に身ぶるいした。

干してある洗濯物を避けて、お姉ちゃんの部屋のサッシ窓から覗《のぞ》いた。カーテンがちょっぴり開いてて、そこから部屋の中が見える。

お姉ちゃんが、背中でドアにもたれてた。ぐったりしてて、何だか生気がなくって、それに——捩《よじ》ったタオル。輪っかの形でドアノブから吊《つ》り下げられてて、それがお姉ちゃんののどに掛かってる。

悲鳴は出なかった。

自分の部屋に戻って、椅子《いす》を持ってきた。

こんなの、やってみたことないけど、やるしかない。

思いっきり、椅子をガラスに打ち付けた。割れた。

ケガしないように腕を差し入れた。クレセント錠に手が届いた。

ゆっくり腕を抜いて、サッシを開けて、カーテンを撥《は》ね上げて部屋の中に飛び込んだ。

お姉ちゃん。

うな垂れた頭、力なくだらりとした腕、投げ出された脚、そして嫌な臭い。

あたしは、言葉もなく立ちすくんでいた。

どれぐらいの時間だったろう。ほんの数秒だった気もするし、四、五分ぐらいだった気もする。でも、ずっと息を止めてたから、長くても一分かそこらだったんだろう。

あたしの部屋で、また目覚ましのベルが鳴った。それが合図であるかのように、止めていた足を踏み出した。

転びそうになりながら、お姉ちゃんに駆け寄った。何か叫びたいのに声が出せない。足もとが冷たく濡《ぬ》れて気持ちわるい。半狂乱になってしまっても不思議はないのに、へたに触っちゃいけないんだ、と頭のどこかで冷静に考えていた。

でも、どうしても、触れて、確かめなくちゃいけない。

頰《ほお》に触れた。うっすらと冷たい。胸に触れた。動いてない。

ああ、そうか……。

お姉ちゃんのすぐそばの床の上に、スマートフォンがあった。左手からこぼれ落ちたみたいに。

色違いのおそろいで買った、あたしのと同じ機種。

震《ふる》える手を伸ばした。

電話、しなくちゃ。救急？　それとも警察？

でもすぐに、勝手に触っちゃいけないって思い直した。

ベランダ伝いに自分の部屋へ戻ろうとしたけど、膝《ひざ》ががくがくして立ち上がれない。

あたしを責めるみたいに、目覚ましのベルが鳴り続けてる。

助けて。誰《だれ》か。助けて。お母さん――

お母さん、と口に出したら、膝《は》の震えが止まった。お母さん、お母さん、と呪文《じゅもん》みたいに言い続けながら、ベランダへ這い出た。

自分の部屋に転がり込んで、真っ先にローテーブルの上にあった自分のスマホを手に取った。いつもの癖で、真っ先にメッセージアプリのアイコンをタップしてしまった。ちがう。電話だ。メッセなんて送っても、お母さん、すぐには気づかない。

発信履歴。スワイプしてもスワイプしても、お母さんの携帯も実家の固定電話も出てこない。着信履歴。お母さんの携帯ばっかり。こっちだった。いちばん上のをタップする。

呼び出し音。

出て。お母さん。早く出て。

『はい、もしもし』

お母さんの声が聞こえた。あたしは堪《こら》えきれず、爆発したみたいに泣きじゃくった。お母さん。お母さん。お母さん。言葉にならない。

『どうしたの。何かあった？』

子どもをあやすような柔らかい声になった。

あたしは、お姉ちゃんが、お姉ちゃんが、って泣きながら何度も何度も繰り返した。

『とにかく落ち着いて。何があったの』

お母さんは辛抱づよくなだめてくれた。

「お姉ちゃんが息してない」

ひと息で言った。

『何、それ』

拍子抜けしたみたいなお母さん。

「だから、お姉ちゃん、息、してない」

『ふ……』

ふざけてるの、って言おうとしたのかも知れない。でも、あたしが泣き声なので、何かおかしいって気づいて言いよどんだんだと思う。

『……どういうことなの』

「お姉ちゃんが、部屋で、く、首を、えっと、タオルで、あの」

ぜんぜん説明になってなかったけど、お母さんには伝わったと思う。

「お母さん、あたし、どうしたらいいの、っ」

クシュン、とくしゃみが出た。あまりの場違いさに、よりいっそう涙が出た。

『だいじょうぶ。落ち着きなさい』

いきなりの電話でこんなショックなこと聞かされて、お母さんだって平常心じゃいられないだろうに、お腹《なか》の底から絞り出すような声であたしをなだめてくれた。やっぱり大人《おとな》だと思った。

『とにかく、救急車を呼びなさい。いい？』

うん、うん、って泣きじゃくりながら答えた。

『お母さんもすぐにそっちへ行くから。いいわね？　気持ちをしっかり持つのよ。おかしなことを考えちゃだめ』

「すぐに来て。お願い」

『ええ。何も心配いらないから、落ち着いて、待っていなさい』

ほんとは、こっちに着くまでずっと話し続けていたかったけど、どんなに急いでも実家からここまで二時間ぐらいかかるから、そんなことはできない。諦《あきら》めて電話を切った。

目覚ましのベルを止めて、一一九番に電話をかけた。

それからのことは、よく覚えていない。ううん、思い出したくない。

当然、お母さんが来るより早く救急隊員の人が来てくれたけど、結局、お姉ちゃんを連れて行ってはくれなかった。死んじゃった人は救急車に乗せないんだって、初めて知った。救急の人が連絡して、今度は警察の人が何人も来た。

あたし、たくさん質問されたけど、泣いてるばかりでうまく答えられなかった。

お姉ちゃんは、その場で警察の人にいろいろ調べられてた。病院じゃないところで亡くなった人はあんなふうにされるんだって分かって、お姉ちゃんがかわいそうに思えてきて、どうしようもなかった。

お母さんが来てくれたのは、ちょうど警察の人がお姉ちゃんを運び出そうとしている時で、その頃《ころ》にはマンションの中やご近所でも「何があったんだ」とちょっとした騒ぎになってたみたい。

お母さんは、目の前で起きていることを見ても、警察の人から説明を聞いても、あまり取り乱したりはしなかった。でもたぶん、あたしがあんまりひどい状態だったから、自分がしっかりしなきゃ、って思ってくれてたんだろう。

それから、あたしとお母さんは警察の車に乗せられて、お姉ちゃんを乗せた寝台車のあとをついて、警察署へ行った。パトカーじゃない、ふつうの車だった。

警察署でも、いろいろ尋ねられた。ほとんどは部屋で聞かれたのと同じことだったけど。

うまく答えられたか、自信ない。しどろもどろだったし、部屋で言ったのと違うことを言ってしまったかも知れない。

ひととおり話が終わって、あたしとお母さんは解放されたけど、お姉ちゃんはまだ帰れなかった。警察の人が、お葬式の手配について説明してくれて、お母さんは真剣にそれを聞いていた。

――ああ、人が死んだときって、お葬式するんだ。

当たり前のことなのに、まるで別の世界のことのようにあたしは聞いていた。

やっぱりパトカーじゃないふつうの車で、マンションまで送ってもらった。

あたしとお母さんが車から降りると、マンションの玄関前で立ち話をしていた人たちがいっせいに注目してきた。お母さんは無言で頭を下げて、玄関ホールに入った。あたしも同じようにして続いた。

ホールにも、二階の廊下にも、人の姿はなかった。けれど、あちこちに、ついさっきまで顔を寄せ合ってひそひそ話をしていたような気配が漂《ただよ》っていた。

部屋に入った。

がばっ、と強く抱きしめられた。

お母さんが泣きだした。

人間じゃない、野生動物のうなり声みたいな、恐ろしい、そして悲しい声で泣いてた。

思わずお母さんの体を抱き返した。しっかりと抱いてあげた。ごめんね、ごめんね、って言いながら、肩や背中をさすってあげた。

お母さんは、いつまでもいつまでも泣いていた。


お姉ちゃんがあんなことになってしまって、その後が大変だった。

お葬式。お母さんはちょっと迷ってたけど、結局、警察の人に紹介してもらった葬儀屋さんにお願いした。誰も呼ばずに、家族葬ホールってところで、二人だけでお通夜して、二人だけで見送った。お姉ちゃんの会社の人も、大学のときのお友だちも呼ばなかった。

そのほかにもいろんな手続きとかがあって、お母さんはずっと仕事を休んで、それをやってくれた。

マンションの管理事務所には、あからさまに嫌味を言われた。お悔やみ申し上げます、って口では神妙なこと言ってたけど、顔には「死人なんか出しやがって、とんだ迷惑だ」ってしっかり書いてあった。住んでた人が不自然な死に方をしたら、事故物件っていうのになってしまって、借り手がつかなくなるそうだ。

ご迷惑おかけしました、申し訳ありません、ってお母さんは何度も何度も謝ってた。あたしも謝った。悲しみにくれてる真っ最中のお母さんが、なんでこんな風にぺこぺこ頭を下げなくちゃいけないんだろう。何にも悪いことしてないのに。

同じ階に住んでる人たちにも、お詫《わ》びをして回った。お気の毒にねえ、って口々に言ってくれたけど、みんな好奇心丸出しの表情だった。あたしもお母さんも、何も言わずにそそくさと退散した。

すごく疲れた。

「いっそもう、こっちへ帰ってきたら？」

頼りなさげにお母さんが言った。

「あと一年、大学あるし……」

あたしも力なく答えた。お姉ちゃんは、自分がいなくなったからと言って、あたしが卒業を諦めて実家に帰るなんてことは、望んでないと思う。

「分かったわ。でも、ここにはもう住めないでしょう？」

頷《うなず》くしかなかった。社会人で収入があったお姉ちゃんがいたから、この部屋の家賃も払えてた。お母さんからあたしへの仕送りだけじゃ、こんな広い部屋には住めない。お姉ちゃんと暮らした愛着のある部屋だけど、周囲の人たちがあんな状態じゃ、いたたまれない。

それに――どうしても、あの時のことを思い出してしまう。うつむいて、だらんとして、ぼんやり眼を開けたままこと切れていたお姉ちゃんを見た時のことを。

お母さんと一緒に不動産屋さんを回った。ふた駅離れたところにある小さなワンルームマンションを借りて、そこに引っ越しすることになった。

あたしの荷物は新しい住まいに、お姉ちゃんの荷物は実家に送るよう、お母さんが手配してくれた。

「やっぱり、いったん家に帰ってこない？　しばらくの間だけでもいいから、気持ちが落ち着くまで。お母さんもそのほうが心強いし」

お母さんはそう言った。

「そうしたいけど……大学の期末試験もあるし。ごめんね、お母さん」

あたしが答えると、お母さんはさびしそうに「そうね」って答えた。

あたしは今から引っ越しをして、周りに誰も知り合いがいない環境で生活していくことになるけど、お母さんは違う。家に帰ったら、周囲の人からあれこれ聞かれる。すごいストレスだろう。だから、こんなあたしでも一緒にいたほうが、きっとお母さんは心強かったり、気が紛《まぎ》れたりするんだろう。

ほんとうに、申し訳ないって思う。

でも、実家には帰れない。大学もあるし、それに何より、あたしにはどうしてもやりたいこと、やらなくちゃいけないことがある。自分自身のためにも、お姉ちゃんのためにも、それは必要なことだから。

そして今、手提げのバッグひとつだけを残してすっかり空《から》っぽになった部屋で、あたしはお姉ちゃんのスマホを手にしてる。

荷物の運び出しはさっき終わった。お母さんもそれを見届けて帰って行った。白い布に包まれた小さな壺《つぼ》を大切に抱いて。

あたしももうすぐ、ここを出る。

お姉ちゃんの持ち物は全部実家へ送ったけど、ただ一つ、スマホだけは手もとに残しておいてもらった。

このスマホを警察の人が返してくれた時のことを思い出す。

――メッセージアプリに未送信のメッセージが残っていました。

そう言って画面を見せてくれた。

《ごめんね》って書かれてた。

――あなた宛《あ》てのようですが、何か心当たりは？

そう聞かれたけど、その画面を見た瞬間、もう自分でも気が変になるぐらい泣けてしまって、何も答えられなかった。

警察の人は、ほかに何か手がかりになるものはないか、スマホの中身を調べたみたい。セキュリティロックはかかってなかったから簡単に調べることができたそうだ。

《ごめんね》。

送られなかったメッセージ。送る直前に意識を失ってしまったのかも知れません、って警察の人が言った。お姉ちゃん、睡眠剤を服用した形跡があったそうだ。あの姿勢になって、自力で体を支えておいて、眠りに落ちたら支えられなくなって……っていう方法だったんじゃないかって。きっと、最期は苦しまずに亡くなっただろうって。

そして、最期まで手もとにあったのが、スマホだった。

このスマホの中に、あたしの知らないお姉ちゃんの姿が残されている。だから、実家に送ったり、解約したりせずに、あたしの手もとに残してもらった。

お姉ちゃんのこと、きちんと知らなきゃ。自殺しなくちゃいけないような理由があったのかどうか。

警察でいろいろ聞かれて、頑張ってお姉ちゃんのことを話した。たくさん思い出しながら、たくさん話した。子どもの頃のことから、最後の夜にお喋りしたことまで。

あたしとお姉ちゃんは、四つ違い。お姉ちゃんは七月生まれで、あたしは早生まれの三月だから、学年でいうと三つ違いになる。

仲のいい姉妹だったと思う。

両親にとっては、お姉ちゃんは自慢の娘。昔からきれいだったし、学校の成績もよかったし。あたしはそれほどじゃないけど、下の子だからまあ仕方ないか、みたいにちょっと甘やかされて育った感じかな。

幼い頃からお姉ちゃんの真似《まね》ばかりしてた。いつも後ろにくっついて歩いて、金魚のフンみたい、ってお母さんに笑われたこともあったっけ。おもちゃでもお人形でも、お姉ちゃんが持ってるのと同じものを欲しがって、駄々こねたりもした。

お姉ちゃんが高校生になって、メイクとか本格的に詳しくなってくると、あたしもまだ中学生なのに同じお化粧してみたり。でも、街でスカウトされてファッション雑誌の読者モデルになったぐらい美人だったお姉ちゃんの真似は、さすがにできなかったけど。

お姉ちゃんは、東京の大学に進学して、実家を出てひとり暮らしを始めた。あたしはやっぱりお姉ちゃんに追いつきたくて、同じ大学に行くって言い張った。しかたのない子ね、ってお姉ちゃんは笑って、でも応援してくれた。あたしが無事お姉ちゃんの後輩になれた時は、就職活動とかで忙しいのに、ふたりでいっしょに住める部屋を探して、引っ越しして、あたしを迎えてくれた。

それから三年足らず。

ふたりで暮らしてきたのに、いま思い返してみると、あんなことがあった、こんなことがあった、って思い出せるのは、実家暮らしの頃のことばかり。この三年間のお姉ちゃんのことって、記憶にフィルターがかかったみたいで、あまり思い出せない。

この部屋で暮らし始めた時、「お互いのプライバシーは大切にしようね」ってお姉ちゃんは言った。あたしを尊重《そんちょう》してくれてるのが嬉《うれ》しかったし、あたしもお姉ちゃんのプライバシーは尊重しようって思った。

だから、お互いの生活には、必要以上には立ち入らないようにしていた。

それが悪かったのかな。

最初の一年間は、同じ大学でお姉ちゃんが四年生、あたしが一年生だったから、まだ共通の話題も多かった。お姉ちゃんは卒業に必要な単位を三年生までにほとんど取り終えていたから、大学へ行く回数は少なかったけど、それでもやっぱり同じ学生の身分だったから、親近感も強かった。

でも、お姉ちゃんが卒業して社会人になってからは、生活時間もすれ違うことが増えた。お姉ちゃんは土日休みの仕事じゃなかったし、特にここ半年ほどは、仕事が忙しいのか、帰宅が夜遅くなることが多くて、家で話す時間もあまり持てなかった。晩ごはんはほとんど別々。せめて朝ごはんはいっしょに、って思って、毎朝早起きするようにはしてたけど、それ以外は無理に生活をそろえるような努力はしてこなかった。

いちばん身近な存在だったはずなのに、変な遠慮があったせいで、お姉ちゃんが悩んでることとか、苦しんでることとか、そんなのが仮にあったとしても、あたしには気づけなかったのかも知れない。

今でも思う。お姉ちゃんが自殺するなんて、考えられない。

そんなにまで悩んだり、苦しんだりしていたことって、何かあったんだろうか。

警察の人に聞かれた。

——亡くなる前の日の夜、お姉さんに何か変わったことはありませんでしたか？

たくさんお喋りして、いつもより明るいっていうか、ちょっとハイな感じでした。ただここ数か月は、なんだか沈んだ表情を見せたり、そうかと思えば妙にはしゃいだ雰囲気で外出先から帰ってきたり、先月ぐらいから体調も悪くてしんどそうだったし、そんなふうに不安定なことが多かったと思います。

——お姉さんが睡眠剤を服用していたのは知っていましたか？

ひところ、何かお薬を飲んでたのは知ってました。でも、それが何かは知りませんでした。心配はしたけど、姉は昔から、自分が弱ってるところを妹のあたしには見せたくない、みたいに思ってるところがあったので、あたしからは尋ねませんでした。

答えれば答えるほど、自分がお姉ちゃんのことをよく知らなかった、知ろうとしていなかったことを思い知らされた。情けなかった。

お姉ちゃん、人に言えないような、重い悩みや苦しみを抱《かか》えていたりしたんだろうか。それにあたしが気づかなかっただけなんだろうか。

知りたい。もしそんなのがあったのなら、どうしても知りたい。

だって、それを知らない限り、あたしは一歩も前へ進めない。後悔のどん底から這い出せない。

お姉ちゃんのスマホ。ロックかかってないから、待機画面をスワイプするだけでホーム画面になって、操作ができる。

お姉ちゃん、勝手なことしてごめん。あたしを許して。

心の中で呟《つぶや》きながら、スワイプした。

メッセージアプリを起動した。連絡先とか、グループ名とかが表示された。あたしのと比べると少ないけど、それでもたくさん登録されてる。

いったん閉じて、電話帳を開いた。こっちは、びっくりするほど少なかった。

あたしもそうだけど、友だちとのやり取りとか、もうほとんど全部アプリのメッセでやってるから、キャリアメールとか、まして電話とか、ほとんど使わない。電話してくるのって、せいぜいお母さんぐらい。友だちの電番とかメアドとか知らなくても、ＳＮＳのアカウントがあれば充分だし。

でも、お姉ちゃんはガラケーの頃から携帯使ってるから、その頃の電話帳データを引き継いでるなら、あたしよりたくさん登録されてても不思議じゃないのに、むしろあたしより少ない。

っていうか、フォルダが〈business〉〈family〉〈life〉〈private〉の四つしかない。たぶん、ほんとうに大切な連絡先だけ厳選したんだろう。

〈business〉は仕事関係のようで、職場の電話番号が載ってた。あと、支店長や主任っていう登録名にはメアドも登録されてる。〈family〉はあたしとお母さんだけ。〈life〉は飲食店とか美容室とかの日常生活で使うお店みたいなのと、あとは病院の名前。最後の〈private〉には、四つの登録があった。四つとも、男の人の名前。見覚えのある名前もあるし、見たことのない名前もある。

きっとこの四人の人は、お姉ちゃんにとって重要な存在だったんだろう。それが良い意味でなのか悪い意味でなのかはともかく。

四人の名前を憶《おぼ》えて、もう一度メッセージアプリを開いた。同じ名前の登録名とのやり取りを探してみる。本名じゃないアカウント名もあったけど、たぶんこれだろうな、というのは見つけることができた。

ごくり、とつばを飲み込んだ。

お姉ちゃんが亡くなった日、このスマホは警察の人が調べるために持ち去った。中身も見たはず。次の日に返してもらってから、もう一週間以上経《た》ってる。バッテリーがなくなったから充電はしたけど、中身は見てない。だから、この一週間の間に、この人たちがメッセを送ってきていたら、未読のまま。いったいどうしたんだろう、なぜ既読にならないんだろう、なぜ返事が来ないんだろう、って心配してるはず。

このまま放っておいたら、その人たちの心配もいつしか薄れていって、いずれは心の中で小さな小さな痕跡《こんせき》になっていくんだろう。

でも、あたしが今、既読をつけることで、何かが動き出してしまう。そんな気がする。

うん、そうじゃない。あたしは、その何かを動かそうとしているんだ。あたしのためにも、お姉ちゃんのためにも、そして、もしかしたらこの人たちのためにも、それは必要なことなんだ。

お姉ちゃん、ごめんね。あたし、見るね。

《あの日のことを喜んでもらえたと感じたのは
僕の自惚《うぬぼ》れだろうか
でも、いい加減な気持ちじゃないんだ
受け入れられないなら、せめて謝らせてほしい
あれっきりなんて、絶対に嫌だ》

《何度でも書く。俺《おれ》は目が覚めた。
もう一度、やり直すつもりだ。
もう見てくれてないのか？》

《何も手につきません
会いたいです

どこへ行ってしまったんですか？

どうすれば会えますか？》

《シフォンでの約束を君は忘れてしまったのだろうか。

私では君の力にはなれないのだろうか。

否、君のためだなどと言うのは適切ではないな。

私が君を必要としているんだ。

君が応えてくれるのを待つ。

たとえそれが拒絶であったとしてもだ。》

四人の男の人からのメッセ。これだけじゃ意味は分からないけど、遡《さかのぼ》っていくと、お姉ちゃんとどんな関係だったのか、うっすら想像はできる。

でも、想像だけじゃ分からない。ちゃんと知らなきゃ。

この人たちに会おう。会って、話を聞こう。あたしの知らないお姉ちゃんのことを。

仮にそれが、知らなきゃよかった、って後悔するようなことだったとしても、あたしはそれを知らなくちゃいけない。

アプリを落とした。スマホは待機画面に戻る。時刻表示。そろそろ行かなくちゃ。新しい部屋への荷物の運び入れに間に合うように。

スマホをバッグにしまう。

靴脱ぎに降りて、スニーカーを履く。

最後にもう一度、住み慣れた部屋を見回した。

お姉ちゃん、今までありがとう。そして、ごめんなさい。

いつもお姉ちゃんの後ばっかりついて歩いてたあたし。もうお姉ちゃんはいなくなってしまったけど、あたしはまだ、お姉ちゃんを追いかけていく。あたしが知らなかった、ほんとうのお姉ちゃんの姿を。

古くさい言い方だけど、それが何よりの供養になると思うから。

決意を込めて、ひとつ大きく頷いた。

そして外へ出て、後ろ手でドアを閉めた。

第一章　佐々木隆也

1

着信画面に表示された〈沖本穂乃花《おきもとほのか》〉という発信者名を目にして、僕は息を呑《の》んだ。大学四年の時に連絡先を交換したけど、この名前から着信があるのはこれが初めてだった。

同時に、明香里《あかり》の身に何か良くないことが起きたんだ、という確信を抱いた。

躊躇《ためら》いながら、電話を受けた。

「もし、もし」

声が震えた。

電話の相手は、しばらく無言だった。

『あの……佐々木隆也《ささきたかや》さん、ですか』

ようやく発された、聞き覚えのある可愛《かわい》らしい声。

「そう、だけど」

相手に合わせて、僕の言葉も途切れがちになる。

『あの、穂乃花、です。明香里の妹の。覚えてます？』

「ああ、うん」間抜けな答え。「どうしたの？」

再び、無言。明香里に何かあったの、と率直に尋ねてあげるべきだったかも知れない。

『いま、ちょっとお話しして、いいですか？』

遠慮がちな問いかけ。

会社が珍しく定時に終わって、帰り道の途中。アパート近くのコンビニで弁当と缶ビールを物色しているところだった。

「ちょっと待って」

買い物を中止し、店の外へ出ることにした。

「どうしたの？」

自動ドアをくぐりながら、さっきの質問を繰り返した。

電話の向こうからすすり泣きが聞こえた。

それが止《や》むと、かすれた声が僕の耳を打った。

『お姉ちゃんが……亡くなりました』

え、と答えた口の形のまま、僕は馬鹿みたいに立ち尽くしていた。

＊　＊　＊

僕と明香里との出会いは、バインダーとコースターだった。


大学二年生の十一月、例年よりちょっと遅めの木枯らしが吹き始めた頃。

僕が所属していた国際文化学部では三年生から各専攻学科に分かれるのだが、学科別の履修内容なんかのオリエンテーションが、毎年その時期、学部本館一階にある三百人収容のすり鉢状の階段教室で行われる。

その日、真ん中より後ろの列は早いうちにすっかり埋まっていて、開始時刻に遅刻した僕がスムーズに着席できるのは、最前列の中央付近しか残ってなかった。

居心地の悪さを抱《かか》えながら潜り込んだ座席の隣にぽつんと座っていたのが彼女——沖本明香里だった。

一応、「すみません」と断りを入れて着席したけど、彼女は何の反応も見せなかった。

でも、僕のほうは彼女に見とれてしまった。

第一印象は「きれいな子だな」。第二印象は「こういう場で女の子がひとりぽっちで座ってるのって珍しいな」。下心で隣に座ったわけじゃないけど、そう思われても仕方ない。

オリエンテーション自体は退屈なものだった。各学科の指導教官が特色をPRするんだけど、そもそも各学科のシラバスは大学のウェブサイトを見ればわかる。このオリエンは、ウェブがなかった時代から慣習的にやってるだけなんだろう。

だから、学科説明そっちのけで、感づかれない程度に隣の子のほうばかり見ていた。

説明は全部で一時間半ぐらい。僕みたいに途中で入ってくる学生もちらほらいたけど、途中で退出するのはほとんどいなかった。バインダーが目当てだからだ。

この説明会に出ると、学部特製のバインダーが配布される。A4判のごく普通のバインダーだけど、表紙を有名なデザイナーがデザインしたとかで、密《ひそ》かな人気がある。オリエン終了後に配布することになっているので、最後までこの教室にいなくちゃいけない。

説明会が終わり、教室の後ろの出入り口にバインダーが用意された。担当の事務員が、退出する学生一人につき一冊、手渡していくことになっている。学生たちはがやがやと騒がしく席を立ち、だらだらと出入り口へ向かって行った。

急いで立っても行列に並ぶだけだから、しばらくの間ぼんやりと座ったままでいた。隣の女の子も座ったままだったので、周囲の学生たちがどんどん去って行くと、二人で取り残されたみたいな状況になった。

改めて、彼女を観察した。つやのある髪、豊かに揃《そろ》ったまつ毛、黒目がちの瞳《ひとみ》、うっすら色づいた頰《ほお》、形のいい唇。個々のパーツも配置のバランスもきれいなんだけど、人を寄せ付けないような固さがあった。世界中から置き忘れられた寂しさを所与のものとして受け入れてしまっているというか、そんな感じを受けた。

それにしても、この子、いつになったら席を立つんだろうか。

「行かないの？」

あっ、と思った時には、頭の中だけで発言したつもりだった言葉が、実音声として口から放たれていた。すぐに「余計なことをしてしまった」と後悔したが、時すでに遅し。睨《にら》まれた。そりゃそうだ。

「や、あの、バインダー、なくなったりしないかな、とか」

取り繕《つくろ》うために思ってもいないことを口走ってしまい、もう支離滅裂になった。

「構いません。お先にどうぞ」

彼女が答えた。返事してくれただけで救われた気分だった。

じゃあ、と躊躇いながら腰を上げた。支離滅裂ついでに、言ってしまいたいことはたくさんあった。どの学科に行くの？　よかったら名前聞いてもいい？　それと——

躊躇いが継続して、腰を上げたままの状態で一秒ほど経過した。

「まだ、何か？」

彼女が顔を上げた。清潔感と妖艶《ようえん》さが綯《な》い交ぜになった視線が、僕を射抜いた。

射抜かれた穴から、また頭の中の発言が漏れ出した。

「一人で座ってたから、珍しいなって思って。ほら、女の子って、だいたい複数でつるんで行動してるからさ」

ああもう何やってんだろ、と僕は心のうちで絶叫していた。

「わたしの自由です」

彼女は硬い声で短く説明した。そりゃそうだ、と納得するしかなかった。

じゃあ、と無理やり言い置いてその場を離れた。

歩きながら考えた。あれだけ魅力的な外見をしていて、周囲の学生たちからの人気を勝ち得ていそうな彼女が、こういう場で異性はおろか同性の友人とも同席していないのは、人間嫌いで自分から避けてるんだろう。あるいは、お高くとまってると思われて周囲の女の子たちから敬遠されてしまい、結果ひとりぼっち、とかなのかも知れない。

そこまで考えが進んだ時点で、配布係の前まで到達していた。配布係は中年の男性で、段ボール箱の中からレジ袋みたいな材質の手提げ袋を取り出し、僕に手渡そうとした。

「よかったね。ラストだったよ」

あ、と小さく叫んで手を引っ込め、振り返った。教室には僕と彼女しかいない。

配布係は袋を押し付け、段ボール箱を解体して折り畳み、さっさと教室を出て行った。

チャンスだと思った。足早に最前列に戻る。僕が配布係とやり取りしている間に、彼女はようやく席を立って、前の出入り口から出て行こうとしていた。

「待って！」

ダッシュで階段を駆け下り、彼女に追いついた。

振り向いた彼女の寸前でつんのめりながら立ち止まり、手提げ袋を差し出した。

「最後の一個だった。よかったら君に」

彼女の表情は冷たいまま。

「必要としていません」

「じゃあ、どうしてここへ来たの？」

「オリエンテーションを聞きに。ほかに理由がありますか？」

彼女にとっては当然の回答だったんだろうけど、僕にはその言葉がすごく場違いに思えて、つい噴き出してしまった。

「何かおかしいこと言いました？」

「いや、笑ってごめん。まったく正しいよ。じゃあ、これ」

バインダーの入った袋を無理に持たせた。

「君に持っててほしい」

「それは、あなたのものです」

「うん、だからだよ」

こんな最悪の出会い方をしてしまったんじゃ、この先の展望は期待できないから、せめて「僕のもの」をひとつでも彼女の手もとに残しておきたかった。

「どうしてもですか？」

「うん」

「よく分かりませんが、そこまで言うなら」

ようやく僕の手から彼女の手へ袋が渡った。

「ありがとう」

僕は礼を言うと、くるりと踵《きびす》を返し、わき目も振らずにその場を駆け去った。顔から火が出そう、というのはああいう状態を指すんだと思う。

その日、アパートに帰って、一人で浴びるほど酒を飲んだ。人生初のやけ酒だった。


オリエンの日から、僕はキャンパス内で周囲にものすごく目配りするようになった。彼女の姿を探してもいたし、逆に彼女と出くわさないようにもしていた。全く真逆の意図のようだけど、僕の中では両立していて、彼女を見かけたら見つからないようにサササッと身を翻《ひるがえ》したり、今から思えば中途半端なストーカーみたいだった。

何度か見かけた彼女は、やっぱりいつもひとりぼっちで行動していた。クラスメートたちとも必要最低限の会話は交わすけど、それ以上でもそれ以下でもない。でもそれは無視とかイジメとかではなく、双方にとって自然な状況に落ち着いたという感じだった。

だったら僕も、同じぐらいの距離感までなら近づいても受け入れられるんじゃないか？　図書館の開架閲覧室《かいかえつらん》のテーブルで彼女を発見した時、偶然を装《よそお》って近寄り、意を決して声をかけた。年が明けてすぐの頃《ころ》だったと思う。

「あっ」あくまで偶然のつもりで。「この間はどうも」

英字新聞を読んでいた彼女が顔を上げると、あの時と同じ視線が僕を射た。

「あ」

ぽかんと開いた口が可愛かった。彼女が初めて隙《すき》を見せたようで、親近感が湧《わ》いた。

「僕のこと、覚えてる？」

恐るおそる尋ねたら、「もちろん」と望外の答えが返ってきた。さらに、

「ずっとわたしのこと、避けてましたよね。どうしてですか？」

マズい。まさか気づかれていたとは。僕は狼狽《ろうばい》した。

「それは……」

「ちょっといいですか？」

彼女は新聞を畳んでバッグを手にすると席を立ち、僕を誘ってロビーへと移動すると、長椅子《ながいす》に腰をかけ、僕にも座るよう促した。

隣り合って座った。いろんな意味で心臓がパンクしそうだった。

「お渡ししたいものがあります」

僕のドギマギはいっさい関知せず、彼女はバッグから小さな紙包みを取り出した。

「よかったら、どうぞ」

「僕に？」

「ええ。あの時のお礼です。なかなかお渡しできなくて」

「どうして」

「いただきっぱなしというわけにはいかないです」

天にも昇る心地だった。同時に、名前も知らないこの子に惚《ほ》れている、と実感した。

彼女は、包みを受け取ってぼうっとしている僕には構わず、「それじゃ」と言い置いてそのまますたすたと立ち去ってしまった。呼び止める暇もなかった。

帰宅して包みを開けると、二枚セットのコルク製のコースターだった。最初は気づかなかったが、よく見ると、バインダーの表紙と同じデザイナーの意匠だった。

＊　＊　＊　＊

「それがきっかけで、お姉ちゃんとつき合うようになったんですね」

穂乃花ちゃんが神妙な顔で言う。僕は口を軽くへの字に曲げて、

「や、実はそうでもなくて、その時はそれっきりだったんだ。『つき合ってる』って状態

になったのは、その半年後ぐらいだったかな」

「なに、それ」

軽く握った右手を口もとに当てて、くすっと笑った。こわれそうな痛々しい笑顔で、目じりにはさっき拭《ふ》いた涙の跡が残ってるけれど、僕は少し安堵《あんど》した。

明香里が亡くなった。しかも、自殺。そう聞かされて、気が狂うかと思った。頭を壁にでも叩《たた》きつけて泣き喚《わめ》きたかった。

でも、それは許されない。僕なんかより、姉の死を目の当たりにした妹の穂乃花ちゃんのほうが、よほど悲しくてつらくてショックを受けたはずだ。その彼女を目の前にして、彼女の上前をはねるように嘆くことなんて出来ない。するべきじゃない。

大学の本部キャンパス、学生会館一階のカフェテリア。ここを訪れるのは卒業以来、約二年ぶりだ。期末試験も終わり、キャンパスに来ているのは一部のサークル活動の連中ぐらいなもので、カフェも閑散としている。調理の必要なメニューは休止なので、僕たちは自動販売機のカップコーヒーを買って、隅っこの四人掛けテーブルで向かい合っていた。

中庭に面したほうの壁は全面ガラスで、窓の外には午後の陽射しが嫌味なぐらいあふれ返っていた。風の音がかすかに聞こえる。

穂乃花ちゃんが明香里の死を電話で伝えてくれたのは、一昨日の夜。いきなりの知らせで混乱し、とにかく詳しい話を聞かせてほしいと申し出たら、『あたしも、いろいろお聞きしたいんです』とすがり付くような声で頼まれた。穂乃花ちゃんの都合がつく最短の日程が今日だったので、平日だけど躊躇《ちゅうちょ》なく会社を休んだ。

会うなり、穂乃花ちゃんは悲痛な声で切り出した。

――お姉ちゃんのこと、教えてください。どんな小さなことでもいいんです。隆也さんが覚えている限り、どんなことでも、全部。

――だって、お姉ちゃんが自殺しちゃうなんて、考えられない。今でも信じられないんです。何か原因があったのか、動機になるようなことがあったのか。あたし、どうしてもそれを知りたいんです。そうでなきゃ、あたし、生きていけない。

もっともだろうと思う。僕が力になれることがあるなら、何でもしてあげたい。穂乃花ちゃんのためにも、明香里のためにも。

でも――

明香里が自殺するほどに追い詰められていたのだとすれば、その原因の筆頭は、間違いなく僕なんだろうと思う。

明香里が自ら命を絶つ数時間前、僕は彼女と会って、重い決断を迫っていたのだから。

2

「どこまで詳しく話せばいいのかな」

四年余り前、大学時代の明香里との出会いを話し終えた僕は、穂乃花ちゃんに尋ねた。

「さっき言ったとおり、全部です。どんなことでも全部」

「でも……ほら、何て言うか、『大人《おとな》のつき合い』のこととか……」

僕は口ごもった。そんなことまであからさまに語ってもいいものだろうか。普通なら若い女の子に話すような話題じゃない。それも肉親の、だ。たとえば自分の両親がそういう行為をした結果で自分が生まれたとか、客観的事実としては認識していても、生々しいエピソードとして耳にしたり口にしたりするのは、気持ちのいいことではないだろう。

でも穂乃花ちゃんは、何の躊躇《ためら》いも見せずに訴えかけてきた。

「隆也さんが言いたいこと、わかります。気を遣ってくれてるの、嬉《うれ》しいです。でも、かまいません。聞かせてください。隆也さんが言いたくないんじゃなかったら。ううん、言いたくなくても、聞かせてほしいんです」

「でも……」

「あたしだって、もう大人です。どんな話でも、ちゃんと受け止める覚悟で来ました。だから、お願いします」

そこまで言われたら、こちらも覚悟を決めるしかない。

＊　＊　＊　＊

すんなり交際が始まったのかというとそうでもなくて、このあと大学は春休みに入ってしまったから、連絡先はおろか名前も聞いてない僕が彼女と会うチャンスはなかった。

しかし運命は僕を見捨てなかった。僕が選択した国際コミュニケーション学科の所属六十人の中に、彼女の姿があったのだ。

三年生の開講日に教室で再会した時は、「やあ」「あっ」「どうも」「いえ」などと言語以前のやり取りを交わしただけで終わってしまったが、今から二年間は個別の選択科目以外は同じ教室で講義や演習に勤《いそ》しむのだから、いくらでも挽回できる。

そして、何より心強いことに、ようやく彼女が沖本明香里という名前だと知ることができた。それだけで距離がぐっと近づいた気がする。気のせいだろうけど。

もちろん、彼女の美貌《びぼう》は男連中の視線を著しく惹《ひ》き付けたし、彼女にアタックを試みる奴《やつ》も何人かいたが、二年生まで彼女と同じクラスだった連中からの情報で、「沖本明香里は孤独でいることを好む」という認識がほどなく定着し、そいつらも脱落していった。

だから、最も積極的に明香里に話しかけていたのは、間違いなく僕だったと思う。

「粘るねえ。どうしても彼女を落としたいわけ？」

同じ専攻になってから親しくなった友人が僕に聞いた。確か蓑田《みのだ》って名前で、一年生の頃から明香里とは同じクラスだった男だ。

「いや、そういうわけじゃ……」

僕は力弱く否定した。

「否定するな。バレバレだ」

「そうか」

「でも彼女、まとわりつかれるの、好きじゃないよ。人間嫌いなんだろうね。あの美形だから執着《しゅうちゃく》するのは分かるけど、そっちばっか見てると大事なもん見逃すよ」

「なんだ、そりゃ」

「ああ、やっぱ気づいてないか」

蓑田は僕の肩を叩いて意味あり気に笑った。

しかし、虚仮《こけ》の一念岩をも通すの言葉どおり、根気よく話しかけていると明香里も徐々に応えてくれるようになってきた。それが五月下旬あたり。

後で知ったのだが、この頃になるとクラスの連中の間で、明香里が僕になびくかどうか、賭《か》けが行われていたそうだ。オッズは「無理！」のほうが圧倒的に高かったらしいけど、わずかながら「行ける！」のほうに賭けていた奴もいて、そいつらが彼女は七月生まれだという貴重な情報を僕に提供してくれた。

決戦の日、あれこれ思い悩んだ挙句、正面突破を試みることにした。ちょっとしたプレゼントを用意して、最終コマの講義が終わった教室で告白に挑んだのだ。半年もあれこれ考えてきた。当たって砕けるしかない。それに、この機を逃せば夏休みに入ってしまう。

いつぞやの階段教室と同じく、教官も他の学生たち全員も退出して最後の一人になるまで席を立たないのが彼女の習慣だった。僕はちょくちょく、最後から二人目になるまで粘って、二言三言、彼女と会話を交わすようにしていた。この日もそのパターンだった。

「沖本さん、ちょっといいかな」

つかつかと歩み寄って、すぐに隣に座る。階段教室を思い出す。

「これ、受け取ってもらえないかな」

青緑色のリボンをかけた小さな箱の中身は、内容量を考えると驚くほど値の張るハーブティーのセット。でも、少量なので実価格はさほどでもない。

「どうして？」

「誕生日だって聞いたから」

「理由になってないけど……」

「つき合ってほしい。僕と」

明香里は眼を丸くして僕を見たが、驚いたという風ではなかった。

「ご好意は嬉しいんだけど、じゃあ、いくつか聞かせて」

拒絶でも受諾でもない、予想外の発言。「いいよ」と腹に力を込めた。

「どうして、わたしなの？　どこがいいと思ったの？」

いきなり直球が来た。僕も直球を投げ返した。

「最初は、きれいな人だなって。でも、あの時のコースター。わざわざあのデザインを探してきてくれたんだと思ったら、その心遣いが嬉しくてさ。それで、君のことをよく知りたくなったんだと思う。けど、君が独りでいるのを好むのは知ってたから、根気よく打ち解けるしかないと思って、この三か月、焦《あせ》らずに少しずつ話しかけるようにしてきた」

「気が長いのね」

少し、笑ってくれた。「行ける！」と感じた。

「奥手で怖がりなだけかも知れないけど」

「そうかも」

明香里はまた少し笑って、それから意外なことを言った。

「ありがとう。わたしも、もう自分を許してあげてもいいんじゃないか、って思えるようになった」

「え？　どういうこと」

僕の存在が彼女にとって何か有益なことをもたらしたらしい、と分かって嬉しかったけど、それ以上に「自分を許す」という言い方がすごく気になった。

「話してもいい？」

せつない表情で僕を見る。もちろん頷《うなず》いた。

明香里は高校生のころ、つき合っていた年上の彼氏がいた。けれど、手ひどいふられ方をしてしまったのだそうだ。明香里のことをまるで女神を崇《あが》めるかのように大切に扱っていたのに、最後には手のひらを返すみたいにあっさり捨てられ、深く傷ついたのだと。

おまけに、その彼氏とのことが原因で、クラスの友人たちからも孤立してしまい、家族以外に信じられる人がいないまま、高校生活を終えることになった。

「もう、信じてる人に裏切られるのは嫌。それ以上に、そのことで自分が無価値な存在だと思えてしまうのが嫌。だから、周囲の人とは必要最低限の関わりしか持たないようにしてきたし、まして、恋愛なんてするつもりもなかった」

「寂しいこと、言うんだな」

「だって、ほんとうにひどく落ち込んだから。わたし、人から自分が『きれいだ』って思われてるのは知ってる。高慢だと思われるだろうけど、自覚もしてた。でも、そんなのって、恋愛が終わる時には、自分を支えてくれる材料にはならなかった。じゃあ、何が自分の取り柄なんだろう、って考えて、だんだんわけがわからなくなって」

瞬間、「しくじった」と後悔した。彼女は、自分がきれいなことを無価値だと思っている。そこが気に入ったなんて言ったら、神経を逆撫《さかな》でするようなものだ。

「ごめん」

「どうして謝るの？」

「だってさ……さっき」

明香里はまたクスクスと笑った。

「正直でいいんじゃない？　それだけじゃないって言ってくれたし」

胸を撫で下ろした。僕は気負いこんで、

「それじゃ」

「ひとつだけ、約束してくれる？」

僕とつき合ってくれる？　と続けようとして遮《さえぎ》られたけど、どんな約束でもするに決まってるじゃないか。

「もちろん！」

「裏切らないで。絶対に。人の気持ちだから、変わることがあるのは仕方がないけど、裏切ることだけはしないで」

「大丈夫。信じてほしい」

「ありがとう。じゃあ」いたずらっぽい笑みを浮かべる。「お友だちから始めましょう」

僕は椅子からずり落ちそうになった。

「ちょ、それってどういうこと？　僕、いま、玉砕したってこと？」

「それは『お友だちでいましょう』でしょう？　ゆっくり知り合っていきたいから」

かくして、「行ける！」に賭けた連中が勝ちを収め、僕と明香里は「お友だち」から始めることになった。

それからの僕たちは、気障《きざ》な言い方をすれば、ゆっくりと愛を育《はぐく》んでいった。大学生としては大人しいつき合いだったと思う。でも、そのスローなペースが心地よかった。

親しくなってから、コースターのことも聞いた。バインダーのお返しにあれをくれたのは、「謂《いわ》れのないもらい物をしてはいけない」「もらってしまったらちゃんとお返しをして、借りを作らないこと」という自分に課したルールを守ったからで、早く返したくて僕を探していたのに出くわしそうになると僕が逃げ隠れするので困ったそうだ。

「両親が堅い性格だったせいで、規範的に育てられた習慣が今でも抜けなくて。でも、デザインを揃えるなんてちょっと洒落《しゃれ》たことをしてみたのは、そんな自分に対するささやかな抵抗だったかな」

恥ずかしそうにそう言った。あの時の不思議なやり取りにそんな葛藤《かっとう》が秘められていたと知って、ますます好きになった。

とは言うものの、スローペースは変わらずで、手を握るぐらいはすぐにできたけど、それから先に進むのにはかなりの期間を要した。

例の蓑田は、僕をからかった。

「告《こく》るまでも長かったけど、告ってからも長いな、おまえさんは。奥手か。童貞か」

「まあ、否定はしないよ」

「暖簾《のれん》に腕押しかよ。からかい甲斐《がい》がないな。今日び、草食系のほうがモテるのかねえ」

「モテた覚えはないぞ？」

正直に答えると、蓑田は眉《まゆ》をひそめて、

「おまえ、気づいてなかったみたいだけど、密《ひそ》かにモテてたんだよ。でも沖本のほうばっかり見てるから、手が出せなくって困ってた。どうしよう、って俺《おれ》に相談されてもなあ」

「え？　それ、誰《だれ》のこと？」

「いま聞いてどうするんだよ、野暮天」

そりゃそうだ。それを確認してどうなる。他の女の子に好かれて悪い気はしないけど、今のは明香里に対する裏切りと誹《そし》られてもやむを得ない発言だった。

もしかしたら、この時すでに僕の心は早くも緩み始めていたのかも知れない。

そして忘れもしない十一月、この年の学科オリエンテーションの日。つまり僕と明香里が初めて言葉を交わした記念の日。オリエンのおかげで午後は休講だったので、学生会館のカフェで昼ごはんを食べてから、二人でデートをした。

特に目的もなくぶらぶらしたり、お茶を飲んだり、そのうちに日が暮れてきて、晩ごはんどうする、ってことになって、明香里が「うちに食べに来る？」と聞いてきた。

僕たちはどっちもひとり暮らしだから、お互いの部屋を訪れることに何の障害もなかったけれど、今までは無意識のうちにそうならないように避けていた。でもこの日の二人には、最初からそんな予感があった。

スーパーマーケットで一緒に買い物をして、女の子のひとり暮らしの部屋に初めて招き入れられてめちゃくちゃ緊張して、「その辺に座っててね」と言われても落ち着かず動物園のシロクマみたいにうろうろして、「じゃあお皿とお箸《はし》だけ出しておいてくれる？」と言われて新婚夫婦みたいだなと勝手に照れて、缶ビールを切子《きりこ》のグラスに注《つ》いで乾杯して、僕には名前の分からない鶏肉の料理と何かシャキシャキしたサラダと茸《きのこ》の混ぜご飯をたらふく食べて、その間ずっと、今夜これから起きることに妄想を逞《たくま》しくして、どうやって自然にそこまで持ち込もうか、期待と不安で頭が破裂しそうだった。

蓑田の言うとおり、僕には経験がなかった。

そしてこの夜、僕はたぶん小さな失敗をしたのだと思う。行為そのものが上手《うま》くいかなかった、という意味ではなく。

「泊まっていく？」

明香里が言った。今日はそうなる、という暗黙の了解があっても、正式にそれを提案するのは僕のほうであるべきだったのに、彼女に言わせてしまった。いざとなると女性のほうが肝が据わってる、とはよく言われることだけど、確かに僕は、気後れしていた。

一緒にベッドに入って、どちらからともなく抱き合ってキスをして、でもそれからの手順で僕は尻込《しりご》みした。予備知識はふんだんに蓄えているけど、それが実際にどこまで通用するか分からないし、それに——薄暗がりの中で目にした明香里の裸はあまりにも神秘的で、下品な予備知識なんてとても使う気になれなかった。

僕が戸惑っていると、明香里がリードしてくれた。僕が動きやすいようにしてくれたり、間断なく愛の言葉をささやいて僕を奮い立たせてくれたりした。だから、僕の初めての経験は、文句のつけようもないほど上手くいったし、感激もした。

それと同時に、自分の予想が当たっていたであろうことに、何の正当性もない小さな落胆を覚えた。

——高校生のころ、つき合っていた年上の彼氏がいた。

だったら多分そうなんだろうな、と思ってはいたけど、心のどこかで「そうじゃない」と思いたがっていた。

我ながらどうしようもない男だ。明香里に経験があったから助けられたのに、その経験を不満に思うなんて。

たぶん、そんな感情が態度や表情に漏れ出てしまっていたんだと思う。終わった後、寄り添って眠りに落ちる寸前、聞き取れないほどの小さな声だったけど、明香里が「ごめんなさい」と言った。

この時、傷ついたうちには入らない僕のちっぽけな心のささくれが、おそらく明香里を傷つけていた。

それでも、表面的にはその傷がつまずきになることなく、二人の仲は深まっていった。何度も明香里の部屋へ行って過ごしたし、明香里が僕の部屋へ来ることもあった。「なんでこんなに散らかってるの」と呆《あき》れながら掃除をされたりもした。塵《ちり》ひとつないほどに磨き上げられて、自分の部屋じゃないみたいだった。

期末試験が終わって春休みになっても、明香里はしばらく実家に帰らなかった。一緒に過ごす時間が確保できて大歓迎だったけれど、残念な知らせもあった。

「わたし、四月になったら引っ越しするの」

どこへ、と尋ねた。突然、遠くへ行ってしまいそうで不安になった。

「心配しないで。すぐ近くだから。でも、もう隆也に来てはもらえなくなるかな」

「どういうこと？」

「妹がね、来るの。うちの大学に。だから、一緒に住むことになったの。もともとそういり暮らしをする姉妹が多いという約束だったから」

無理もない。親御さんにとっては、同じ大学に通う姉妹がそれぞれひとり暮らしをするより、一緒に住むほうが理に適っている。経済的な意味でも、安心感の面でも。

「そうか。そりゃ、残念だけど仕方ないね」

「ごめんなさいね。わたしのほうは、あなたのお部屋にいつでも行けるから。だから、きれいにしておいてね。毎回、点検させてもらう」

明香里はにやにやと笑った。彼女が来ないと、平均して一週間以内に僕の部屋は元《もと》の木《もく》阿弥《あみ》になってしまうのが常だった。

「うへっ、お手柔らかに頼みます」

そんなこんなで、僕たちは四年生になった。

3

「二人のこと邪魔しちゃって、その節はごめんなさい」

穂乃花ちゃんがおどけた調子で言った。顔が上気してる。さっきよりさらに明るい表情に安心したけど、セックスの話なんかしたから赤面させてしまったのかも知れない。

「謝ることなんてないよ。彼女にとっては大切な妹さんなんだし、それに」

そんなことで危機に晒《さら》されるような愛じゃなかったし、と反射的に言いかけて、危うく踏みとどまった。

「それに……何ですか?」

聞かないでほしい。他のことで、いとも簡単に危機に晒されたのだから。

「何でもないよ」

僕がごまかすと、穂乃花ちゃんはもう拘《こだわ》らずに、

「あたし、大学に入って、すぐにお姉ちゃんに紹介してもらったんですよね、隆也さんを。覚えてます? その時のこと」

「覚えてるよ、もちろん」

紹介されたのは、このカフェでだった。連絡先を交換したのもその時だ。それが僕のスマホに残っていたから、一昨日の夜、画面に穂乃花ちゃんの名前が表示された。

初めての表示があんな悲しい知らせになるなんて、あの時には想像もしていなかった。

＊　＊　＊　＊

四年生に進級した時点で明香里は卒業に必要な単位の大半を揃えていて、後は講義をいくつか履修するのと卒業研究を提出するだけになっていたから、大学へ来る必要はあまり

なく、就活に力を入れていた。対して僕は二年生で取っておかなくちゃいけない語学なんかがたんまり残っていて、最終年度も足繁く通学しなくてはならなかった。おまけに、一年生の途中から始めた塾講師のバイトでも頼りにされていたから、抜けるに抜けられなかった。おかげで生活パターンが明香里といささか食い違うようになっていた。

　そんな激動の四年次が始まってすぐ、明香里は妹の穂乃花ちゃんを僕に引き合わせた。

「初めまして、穂乃花っていいます」

　ぴょこん、と頭を下げる穂乃花ちゃんは、明香里よりちょびっと小柄で、美人というよりは可愛らしいタイプで、甘えた感じの高い声で、もうほんとに「ザ・妹」というたたずまいの女の子だった。

「よろしく」僕も頭を下げた。「なんていうか、明香里から聞いてた通りだな」

「どういう意味ですか？」

「や、妹さんのこと、すごく大事に思ってるみたいで、どんな子かなと興味あったんだけど、なるほどなあ、と」

「こんな子でーす」

　穂乃花ちゃんはおどけて、お姫さまよろしく膝《ひざ》を曲げてカーテシーのポーズを取った。

　ああ、こりゃ気をつけないと周りの男どもが放っておかないだろうし、ひとり暮らしさせずに一緒に住んであげなくちゃと明香里が考えたのも無理ないなと思った。

それからしばらく、コーヒーなんか飲みながら三人で雑談をした。

「去年から、長いお休みでもお姉ちゃんがあんまり帰省してこない理由、分かりました。隆也さんみたいな彼氏がいたら、そうなっちゃうよね、お姉ちゃん」

穂乃花ちゃんがぺろりと舌を出した。

「大人をからかわないの」

照れ隠しなのか、明香里はむっとした表情をわざとらしく作って、

「隆也、今年もほぼ毎日学校通うでしょう？　この子が何か困ったことがあったら助けてあげて。それと、悪い虫がつかないように気をつけておいてね。で、穂乃花は、この人が浮気しないように監視しておいてちょうだい」

と冗談めかして言った。

「はい！　かしこまりました！」

穂乃花ちゃんが敬礼をし、僕は「信用されてないなあ」と苦笑いして見せた。

時おりキャンパス内ですれ違う穂乃花ちゃんは、希望に満ちあふれた感じで活き活きと輝いていて、まぶしくて、その姿は僕に「初心に返って頑張らなきゃ」と思わせてくれるカンフル剤だった。だから、顔を見るたび、「頑張ってるね」と声をかけた。

「はい、頑張ってます！　隆也さんも！」

と素直に返してくれるのが楽しかった。その日に明香里と会ったら直接、会えなかった

ら電話やウェブチャットで、ちゃんと報告をした。明香里も「昼間の穂乃花の様子が分かって安心」と喜んでくれていた。

つまらない横やりを入れてくる奴もいた。そう、蓑田だ。

蓑田も僕の同類でたくさんの単位を残していたから、腐れ縁のようにしょっちゅう同じ講義に出ていた。何が悲しくてこいつと仲睦《なかむつ》まじく肩を並べて教室移動をしなくちゃならないんだろう、と思ったが、蓑田も同じように思ってただろう。

そんな移動の途中で、友人たちと談笑しながらキャンパスを闊歩《かっぽ》する穂乃花ちゃんを見かけたので、いつものように挨拶《あいさつ》をしたら、

「誰だよ、あれ」

と咎《とが》めるように口を出してきた。

「ああ、明香里の妹さんだよ」普通に返事をした。「何か言いたそうだな」

「いや、またモテてやがるのかと思って心配になった」

「しつこいなあ」

「おまえが罪な男なのが悪いんだよ。俺の身にもなってみろ」

「なんだよ、また相談でもされたのか？」

「はあ」妙に色っぽいため息をつく。「思う人から思われず、か」

「穏やかじゃないなあ」

「すまん。こっちの話だ」

後で思えば、蓑田をもっと問い詰めておけばよかった。確かにこの頃、大学内で妙に誰かの視線を感じることがあった。僕は元来そういうのには鈍感なのに、すごく湿度の高い視線とでも言うんだろうか、そういうのをひしひしと感じることが。

夏から秋にかけて、明香里と会う回数は三年生の頃よりは減っていたけど、「お友だち」から始めてもう一年以上経つし、ガツガツとデートを貪《むさぼ》る時期は過ぎて、離れていても安心できるようになっていた。「倦怠期《けんたいき》かしら」と明香里は笑ってたけど。

僕は明香里と穂乃花ちゃんの部屋には行けないけど、明香里はたまに僕のアパートに来て、「また散らかしてる」とむくれながら掃除をしてくれたり、「ろくな調味料ないんだから」とむくれながら料理をしてくれたり、その後はお定《さだ》まりのようにベッドインしたり、といった調子だった。僕がバイトで帰りが夜遅くなるときには、明香里が勝手に部屋に入って掃除して夕食の用意をして、そのまま僕を待たずに帰宅するようなこともあった。

倦怠期と言えば、そうだったのかも知れない。まだ結婚したことはないけど、年季の入った夫婦ってこんなものなのかもな、と思ってみたりもした。

――結婚、か。

明香里は旅行代理店に、僕は食品関係の商社に就職が決まった。次の春には学生から社会人に変わる。そうしたら、次は家庭人になるんだろうか。明香里と二人で。

そんなことをぼんやりと考えていた、ある日のこと。

大学近くのD駅前、午後四時ごろ。もう覚えていないけれど、何か買い物をしようとしていたんだと思う。コンコースを出て、ロータリーの向こう側にある商業ビルへ行こうと信号待ちをしていた僕の目が、そのビルの前にいる明香里の姿を捉《とら》えた。

おーい、と大きな声で呼ぼうとしたけど、すぐにもう一人の人物に気がついた。足早に歩く明香里のすぐ後ろを、同じように足早に歩く男。サングラスをしているので顔はよく分からないが、たぶん三十歳ぐらい。背が高くて、えんじ色のジャケット姿が格好良くて――そんなことはどうでもいい。明らかにその男は明香里を追いかけている。

何者なんだ?

明香里がその男から逃げているようにも見えるし、明香里が男を先導して急いでいるようにも見える。男が明香里の腕を摑《つか》む。同時にロータリーの信号が赤になり、明香里は天を仰いで立ち止まる。男もそのすぐ傍《かたわ》らで立ち止まり、手を放す。

男が何か言い、明香里が振り返る。男は顔の前で指を立てて話している。指を何かに見立てて説明しているみたいだ。明香里は首を横に振る。男が肩をすくめ、明香里がうつむき、男がジャケットのポケットに手を入れて白い小さなものを取り出す。

それを明香里に手渡した。明香里は躊躇していたが、結局受け取り、男は手刀を切るような仕草を見せて、くるりと踵を返し、立ち去った。

明香里はしばらくぼんやりと男の後ろ姿を見送っていたが、やがてかぶりを振りながら駅へ向かって歩き出した。

僕は、なぜか身を隠した。バインダーとコースターの間の時期にそうしていたように。

高校時代の「年上の彼氏」のことが思い出された。

明香里が地元にいた頃の相手のはずだから、さっきの男がそうだったなんて偶然があるとは考えにくいけど、少なくとも以前からの知り合いであるようには見えた。

すぐに明香里に聞けばよかった。「今日、一緒にいた人は誰？」と。でも、咄嗟《とっさ》に身を隠してしまったことが後ろめたくて、話題にするのを避けてしまった。

そして、この年の学科オリエンの日。僕たちにとっては二重の意味での記念日だけど、オリエンをやっている午後は明香里に用事があり、夜は僕のほうがどうしてもバイトを抜けることができなかった。早くから休みを入れていたのに、前日になって同僚のインフルエンザが発覚して、急きょ代講を頼まれたのだ。

スマホのメッセでそれを知らせて謝ったら、明香里からは《部屋で待ってましょうか？》と返信が来た。

《いいよ、遅くなるし。この埋め合わせは絶対するから》

僕はそう書き送った。返信は《ＯＫ、バイトがんばって》だった。

心残りを抱えながら夜十時まで仕事をこなして、部屋に帰ると明香里が待っていた。

「あ、来てくれたんだ。もういいって言ったのに」

何気ない調子でそう言い、鞄《かばん》をその辺に放り投げて、明香里の様子がおかしいのに気がついた。正座をして、両手を膝の上で揃え、僕のほうをじっと見ている。

「これは、どういうこと？」

「どういうことって？」

言われて見回すと、今朝までいつも通り散らかっていた部屋の中がきちんと片づけられて掃除もされていて、テーブルには夕食の支度が整っていた。

「えっと、ありがとう」

「わたしが来たら、もうこうなっていたんだけど、どうして？」

意味が分からなかった。

「君がしてくれたんだろ？」

明香里は首を横に振って、

「違う。それと、これ」

テーブルの上にティッシュペーパーが拡げられていて、明香里はその上を指さした。

「髪の毛。台所と、それから枕《まくら》の上に落ちてた。長さも髪質も、わたしとは違う。もちろん、隆也とも、ね」

「ちょっと待ってくれよ」憤慨して叫んだ。「意味が分からない。誰か来たのか？」

「わたしが知りたいわ」

眉《まゆ》ひとつ動かさず、冷たい声を放つ。

「だから今日、来るなって言ったの？」

「違うって。バイトで」

「午後はどこにいたの？」

「どこって……その辺で適当に」

「誰と？」

鈍感な僕は、ここでようやく浮気を疑われているのだと気づいた。

「待った。誤解だよ。これは……」

説明できなかった。身に覚えがない。それに、疑われていると気づいた瞬間、頭に血が上ってしまって、何が起きたのかを冷静に考えることが出来なくなっていた。

「裏切らないで。そう言ったのに。それだけはしないでって」

「違う、裏切ってなんかいない」

「どうして……」

明香里の声に張りがなくなった。眼を潤ませて唇を噛《か》んでいる。

いったい何なんだ。奇妙なことが起きて当惑しているのは僕なのに、勝手に怒って、勝手に悲しんで。ふいに苛立《いらだ》ちを覚えた。

そして、言い返してしまった。

「証拠もないのに疑わないでくれよ。だったら、君のあれは何だったんだ?」

「あれ、って何」

「こないだ、駅前で君を見た。サングラスかけた男と一緒にいたよね。あれは誰?」

明香里が目を丸くした。

「見てたの?」

「ああ」

「こっそり見てて、今まで黙ってたの?」

こっそり、という言い草が癇《かん》に障った。卑怯者《ひきょうもの》みたいじゃないか。

「ダメか? 君こそ、僕に黙ってただろ」

「……いちいち報告するようなことじゃないでしょう?」

「なんか、理由《わけ》ありの相手みたいに見えたけど?」

「そんな……」

明香里が怯《ひる》んだ。追及の勢いが弛《ゆる》んだこの時が誤解を解くチャンスだったのに、僕は嵩《かさ》にかかってしまった。

「言えないような相手ってことか」

何かがぷつんと切れたような気がした。

明香里が立った。

「帰ります」

「そのほうがいいよ」

僕は答えた。明香里は目もとを押さえて、僕の部屋を出て行った。

なんでこんなことに——

ため息をついた。用意されている夕食がやけに美味《うま》そうなのが腹立たしかった。

4

「お姉ちゃんがすっごく暗い顔して帰ってきたことがあったんだけど、たぶんその日だったんですね」

穂乃花ちゃんが悲しそうに言った。

「でも、結局それって何だったんですか？」

「分からない。ただ、蓑田って奴が言ってたことが気になって、聞いてみたんだ」

「もしかして、ストーカーみたいな？」

「そう。僕が気づいてなかっただけで、もしかしたら」

部屋に勝手に入ることは可能だった。明香里とはお互いに合鍵《あいかぎ》を渡していたけど、明香里が引っ越して、僕が新居の合鍵を持つわけにはいかなくなった時、彼女も「わたしだけ持ってるのは不公平だから」と返却してきた。代わりに、とある場所に隠しておいて、明香里がいつでも使えるようにした。だから、僕と明香里の行動を見張っていたなら、部屋に入り込むことは誰にでも可能だった。

「ほんとうに、浮気じゃなかったんでしょ？　お姉ちゃん、きっと感情的になって、引っ込みがつかなかったんだと思う」

「僕もだ。冷静に話せばよかったんだ」

今さら後悔しても取り返しがつかないけど。

＊　＊　＊　＊

蓑田が言うには、「いや、いくら何でもそこまではしないと思うよ」と強く否定した。誰を想定しているのか教えてくれ、と迫ったが、「おまえが少しでも疑っている以上、本人の名誉のためにそれは言えない」と突っぱねられた。

明香里と会うことはなくなった。生活の時間と場所が食い違っていたから、幸か不幸か、会おうと思わなければ会う機会はなかった。

時間が経てばお互い冷静になって話し合えるだろうと軽く考えていたけれど、人と人との関係なんて、壊れる時にはあっさり壊れるものだ。

僕たちは、そのまま卒業を迎えた。二人の仲は元通りにはならなかった。たった一度の喧嘩《けんか》がもとで、そのままフェードアウトしてしまった。

世間にはよくある話だろう。誰しも、恋愛が順調な間は自分たちのことを飛び切り特別な間柄だと信じ、別れるときは珍しくも何ともない二人だったと思い知る。そんなものだ。


四月になり、会社員としての生活が始まった。世界が広がった。「上司」とか「お客様」とか、今まで自分の周囲にいなかった立場の人たちと関係を取り結びながら、日を追って自分が成長していくのが分かった。

人並みに合コンなんてものにも参加した。同期の男に合コンの幹事が生き甲斐だと公言する奴がいて、よく誘われた。

彼の招集に積極的に応じたのは、やっぱり明香里のことを振り切ろうとしていたんだろう。そのくせ、全体が盛り上がるように気を配ったりはするのに、特定の子に狙《ねら》いを定めて口説くようなことをしなかったのは、まだ振り切れてなかったんだろう。

しかし世の中うまく出来てるというのか出来てないというのか、あまりガツガツしないことが逆に女性陣から好感を持たれたらしく、合コンではそれなりにモテた。「草食系のほうがモテるのかねえ」とかつて蓑田に言われたことを思い出した。

　七月ごろだったか、そんな女の子たちの一人とデートすることになった。裕実《ゆみ》ちゃんという名前で、コロコロとよく笑い、笑うと八重歯が覗《のぞ》くところがチャーミングだった。予備校で教務の仕事をしていて、塾講師のバイト経験がある僕とはよく話が合った。

　仕事帰りに二度ほど、居酒屋で晩ごはんを食べた。何を話してもほんとうによく笑う子で、あんまり笑うので食べたり飲んだりするほうがお留守になって、終わりごろになって思い出したように「ごめん隆也くん、あたし今から食べる！」と宣言して、だいぶ冷めた料理をぱくぱく食べる。そんなところも可愛らしく感じた。

「こんど海に行こうよ、海！」

　帰り際に裕実ちゃんが言った。

「泳ぎに？」

「ううん。あたし泳げないの。カナヅチ」

「海に泳ぎに行く、ってのは、真剣に水泳をしに行くって意味じゃないだろ」

「それもそうだね」またコロコロと笑う。「強引に誘うのは、水着姿を見たいだけだな？」

「や、そもそも海に行こうって言ったの、裕実ちゃんだよね」

「バレたか」

　舌を出す。そんな仕草は若干《じゃっかん》あざといけど、嫌味には感じなかった。

「彼氏に海に連れてってもらう、っていうのが夢だったの。山育ちだし」

「なるほど。でも、そういうのって普通、ドライブデートだよな。僕は車持ってないよ」

「レンタカーで充分じゃん！　行こっ？」

いい子だった。するっと「彼氏」扱いされたのは気になったけど、恋愛って案外こうやってあっさり始まったりするのかな、という納得感もあった。

約束の日、レンタカーを借りて裕実ちゃんのアパートまで迎えに行った。朝からいい天気で、気分も高揚していた。

ところが、部屋から出てきた裕実ちゃんは、なぜかどんよりと暗い顔をしていた。車を降りて待っていた僕にのろのろと歩み寄ってくると、彼女は言いにくそうに、

「隆也くんって、ほかに彼女いるの？」

「どういうこと？」

「これ……」

おずおずと白い封筒を差し出した。宛名《あてな》もないし切手も貼《は》られていない。もちろん、差出人の名前もない。

「昨日、家に帰ったら入ってたの」

何かの投げ込みチラシかと思いながら中身を取り出した。丁寧に四つ折りされた白い紙が一枚。開いてみて、息を呑《の》んだ。

《隆也にまとわりつくな。淫乱女《いんらん》。おまえから目を離さないからそのつもりで》

ワープロでそう縦書きされていた。

「なんだ、これ？」

「あたしに分かるわけないじゃん！」

裕実ちゃんは涙目になっていた。

「ねえ隆也くん、心当たりないの？」

「ない。全くない」

「元カノとかは？」

「元カノは……そりゃあ、いたけど、もう半年以上前に別れた」

とにかく気を取り直してドライブに行こう、と言ってデートを続けたけど、一日中ずっと気まずいままで、結局裕実ちゃんとはその日を最後に自然消滅になってしまった。

会社で、幹事男に「裕実ちゃんとはその後どう？」と聞かれて、「ダメだった」と答えると、「そうか、ま、よくあることだから、次頑張れ、次」と励まされた。ダメになった理由は言えなかった。

僕の会社では、社員育成の一環として社外研修や通信教育などを履修することが推奨されていて、参加費や受講料には会社からの一部補助が出る、という制度があった。

僕もそれに乗っかって、あるコンサル会社主催のプロジェクトマネジメント研修とかいうのに参加してみた。確か秋口の頃だったと思う。いろんな企業から、僕と似たような年齢層の若手社員がたくさん来ていて、なかなかの刺激になった。

数名ずつの班に分かれてのグループワークもあった。その場で与えられた課題に対して、制限時間内で討議して結論を出し、プレゼン資料を作って発表する。自動車メーカーの新車種の広報計画を立てる、というテーマだった。配布資料に書かれた架空の社名がトミタだとか車名がアクマだとか、投げやりな名称設定が可笑《おか》しかったが、制限時間が短いので笑ってる余裕はなく、初対面どうしが額を突き合わせてああだこうだと早口で話し合い、手分けしてプレゼン資料を作って発表した。しんどいけど、楽しい経験だった。

同じ班になったメンバーとは「これからも連絡を取り合っていこう」と名刺を交換した。実際に研修後もメールをやり取りして知恵借りをしたり、飲みに行って愚痴を言い合ったりしたが、その中に一人、磯村《いそむら》さんという、馬の合う二歳年上の女性がいた。背が高くて脚が長くて、学生時代は男より女の子にモテたんだろうなと想像させた。家電メーカーの開発部門で働いているということだった。

誘われて、有名な経済評論家の講演に参加したりもした。ちょっと早めに待ち合わせてお茶でも飲んでこ、と言われて、会場であるホテルの一階にある喫茶室に入った。

「開発って、職場は研究所みたいなところですか？」

「と思うでしょ。ちょっと違ってて、マーケティングって言ったほうが近いかな。市場調査やって商品仕様考えて、研究部門に発注するんだ。で、出来上がったのを市場に導入して、軌道に乗ったら営業部門に引き継ぐ。そしてまた次を考える」

「なんかカッコいいですね、そういうの」

「そうでもないわよ。俗に『センミツ』って言ってね。千個考えたうちの三つ成功すれば御《おん》の字、っていうのが常識だから」

二つ違いなのにすごく大人びて見えた。

ブログやってるから見てね、と言われて、ちょくちょくチェックした。仕事や趣味のことはいっさい書かずに、日常のほんのちょっとした出来事を軽妙な文章で綴《つづ》っていた。たとえば、僕と会った日には「友人とごはん食べて○○が美味《おい》しかった」みたいな内容じゃなくて、店のネオン看板にカメムシがとまってる写真を撮って「招かれざる客。たぶん出禁になってる」とか書いたりする。そんなときは僕も面白がってコメントをつけた。

ところが年が明けた頃、ブログに「荒らし」が来た。磯村さんの記事に対して、何件もネガティブなコメントを書き込んでいく。削除しても削除しても、繰り返される。

「大したこと書いてないのに、何が気に入らないんだろう。佐々木君、どう思う？」

顔をしかめる磯村さんに、僕は気の利いたことも言えず、「我慢比べですかね」などと答えた。

そして、とうとうそのコメントが書き込まれた。
《隆也にまとわりつくな。淫乱女。おまえから目を離さないからそのつもりで》
見た瞬間、めまいがした。
すぐに磯村さんからメッセが来た。
《何のことか分かる？》
《わかりません。でも、以前にもこんなことがあって》
裕実ちゃんの件を説明した。
《まとわりついた覚えはないんだけどな。でも、気味悪いな。佐々木君、以前こっぴどく女を泣かしたりしてない？　笑》
《そんなつもりはないんですが……とにかく、もうブログにコメント書くのはやめます》
《そうだね。わたしもあんまり君を誘わないようにするよ。どこで見てるか分かんないからね、こういう手合いは》
こうして、磯村さんとも縁遠くなってしまった。最後に、《君のこと、ちょっとイイなって思ってた。いい恋愛しなよ》とメッセが来て、僕は泣き笑いでそれを読んだ。
それ以来、女性と親しくなるのを避けるようになった。というか、周囲の女性が誰もかれも疑わしく思えてきて、自分でもちょっと病的になっていたと思う。

しかし状況はさらにエスカレートした。

社会人生活二年目の夏、つまり今から半年余り前。ある朝、隣の部署にいる同期入社の女の子が血相を変えて僕のところに駆け込んできた。

「佐々木君、これどういうこと？　わたし、あなたに何かした？」

周囲の人たちが驚くのにも構わず、彼女は手にしているものを僕に突き出した。白い封筒だった。

後頭部を鈍器で殴られたような気がした。

「会社に来てみたら、バッグのサイドポケットに入ってた。家出る時はもちろんそんなのは入ってなかった」

封筒の中には、前にも見た例の文章。それと、何枚か新聞の切り抜きが入っていた。どれもこれも、女性が被害者となった殺人事件や傷害事件の記事だった。

彼女とは、何の関係もない。ただ単なる会社の同期というだけだ。デートしたことなんてないし、そもそも二人きりになったことすら——

——あった。確かに、あったと言えばあった。

でも、あんな程度で？

二年目の僕たちは、自分の経験を踏まえて、今年の新入社員の育成計画を立てるように指示をされていた。人事部がその計画を使うということではなく、むしろ僕たち自身のマネジメント力向上のための研修といった趣きだった。僕たちは、勤務終了後に会議室に集まって議論を交わしたが、その流れで居酒屋へ行ってちょっと飲んで帰る、ということが何度かあった。解散後、彼女とは乗る電車が同じだったので、途中まで一緒に帰った。そりゃ、多少の会話はしたけれど、それだけだ。

吐き気がした。

「やめさせてよ！ 今度こんなことがあったら、総務の企業倫理担当に言うから！」

彼女は憤激して去って行った。

磯村さんの言葉が思い起こされた。

《以前こっぴどく女を泣かしたりしてない？》

――まさか、明香里なのか？

思えば僕も、バインダーとコースターの間の時期は、ストーカーまがいの行動をとっていた。彼女がつき合っている男がいないかどうか、見張っていたといえば見張っていた。そういう男は幸いにしていなかったが、もしいたら、僕は何かやっただろうか？

いや、明香里がこんなことをするとは考えられない。それに、あれからもう二年近く経《た》っている。彼女も新しい世界で生きているはずだ。

でも万が一、彼女があの一件を激しく恨みに思っていたら？

――今さらだけど、明香里に聞くしかない。

スマホのメッセージアプリ。明香里とのトークの記録。大学四年の秋に途切れたままの会話。明香里はまだこのアプリを使っているだろうか。使っていても、僕をブロックしているかも知れない。

何て書き送ったらいい？　ストーカーみたいな真似《まね》はやめてくれ、とでも？　いや、決めつけちゃいけない。まずは別れたあの日のことを謝るのか？　二年近くも前のことを？　あらぬ疑いをかけられたのは僕のほうだったのに？

三日ほど、思い悩んだ。

結果、いちばん正直な気持ちを書き送ることにした。全てをそのひと言に込めた。

《会いたい》

＊＊＊＊＊

「去年の八月の中ごろですよね、それ。確か、夜の十二時ぐらい」

穂乃花ちゃんがしんみりと言った。僕が頷くと、

「返信、しばらくなかったでしょ？」

穂乃花ちゃんの言うとおりだった。メッセージは無事送信され、既読がついて、胸を撫で下ろしたけれど、明け方まで待っても返信は来なかった。反応がないことが怖かった。

「お姉ちゃん、泣いてたんです」

穂乃花ちゃんは寂しそうに笑った。

「六月ぐらいから仕事が遅くて、毎晩帰ってくるのがそれぐらいの時間で、すごく疲れて。あの日もそうだった。帰るなり、椅子に座ってぐったりしてたら、スマホが鳴ったの。画面見て、そのまま突っ伏して泣き崩れた。それでね、『どう返事していいか分からない』って。あたし、言ってあげたの。お姉ちゃんの思うとおりに伝えたらいいと思うよって」

「そうだったんだ。ありがとう」

今それを感謝しても、もう何も取り戻せないけれど。

「隆也さん」

穂乃花ちゃんが急に硬い声になった。

「あたし、思うんです。お姉ちゃんと気まずくなった時、あたしにこっそり相談してくれたらよかったのに、って。もしかしたら、うまく何とかできたかも知れないって」

あっ、と虚《きょ》を突かれた。どうして思いつかなかったんだろう。

「それがちょっとだけ、悲しいです」

時間は、戻らない。僕への返信を躊躇っていた明香里の背中を穂乃花ちゃんが押してくれたことは、ありがたいと思う。でも、そのことに対してお礼を言っても、明香里が帰ってくるわけじゃない。

＊　＊　＊　＊

返信は二日後、僕が諦《あきら》めかけた頃に来た。《会う資格がありません》と書かれていた。

5

明香里は、少し痩《や》せたようだった。上下とも真っ白な服装が、夜目にも鮮やかだ。

「来てくれたんだ」

「ええ。どうにか」

「痩せた？」

「たぶんね」

短い問答。大学四年の十一月以来の、僕と明香里の会話だった。

午後九時、ターミナル駅の待ち合わせの定番のような場所。おおぜいの男女で溢《あふ》れ返っている。僕の職場の最寄り駅を尋ねてきた明香里が、《中間地点にしましょう》と提案してきたのがそこだった。ただし、明香里は自分の職場の最寄り駅は明かさなかった。
生まれてこの方、いちばん緊張した待ち合わせだった。
約束の五分前に指定の場所へ行くと、明香里は先に着いて待っていた。ひと目見てすぐ分かったけど、反面、これは現実なんだろうかという感覚もあった。
明香里が《会う資格がありません》と返信してきてから、さらに二日経っていた。
返信の文言にはぎょっとしたけど、冷静に考えた。この言葉には二つの意味があり得る。
僕のことを指しているのか、明香里自身のことを指しているのか。
ともかく、返信してきたということは、少なくとも会話は拒絶されていない。
《僕が？　君が？》
《主にわたし》
《会いたくないわけじゃない？》
返信が来ない。僕はメッセを重ねた。
《相談したいことがあるんだ》
《会わないと話せないこと？》
《うん。短時間でいい。君の都合に合わせるから》
どうにか約束を取り付け、落ち合う段取りを決めることができた。最後に明香里は、
《でも、わたしは迷っています。時間になっても現れなかったら、会う決心がつかなかっ

たと思ってください》

曖昧《あいまい》な返事だけど、会える可能性ができただけで胸が高鳴っていた。ああ、全然振り切れてなかったんだ、と思い知った。そもそも、彼女に新しい恋人がいる可能性をまるで考えていなかったんだから、心の奥底では本当に別れたつもりではなかったんだと思う。

そして迎えたこの日、目の前に明香里がいる。

会ったあとどうするか、まるで考えていなかったけど、それを予想していたように、「歩かない？」と明香里は言った。

混み合った繁華街の坂道を、ゆっくりと歩いた。最初の五分ぐらい、二人とも何も話さなかった。このまま永遠に無言のまま二人で歩き続けられたらな、とぼんやり考えていた。

そして――あのストーカーは彼女じゃない。そう確信していた。

もしかしたら明香里だろうか、なんて考えてはみたけど、きっとそれは、明香里に連絡をする口実にしたくて無理やりそう考えていただけなんだ。

「相談ごとって？」

明香里が質問してきた。ああ、またやってしまった。僕が切り出さなきゃいけないのに。

「いや、もうよくなったんだ」

本当に、どうでもよくなっていた。明香里でさえなけりゃ、それでよかった。

いや、そうじゃない。明香里がストーカーじゃないならば、今日こうやって会ったことで、今度は明香里にあの嫌がらせが及ぶことになる。

「もしこの先、君が何か嫌がらせみたいなのを受けたら、僕に知らせてほしい」

「急におかしなこと言うのね。何があったの？」

結局僕は、この一年余りの間、僕の身に起きたことを説明した。

「大変そうね。それで、相談っていうのは？」

答えにまごついていると、「わたしだと思った？」と図星を指された。

「もしかしたら、って」

「そう……」

人込みを避けようとして明香里が体をよじった。一瞬だけ、僕と密着した。

「わたしたち、もう元には戻れない。少なくとも、わたしは」

うつむいて、ぽつんとそう言った。

「いろいろ、あったから」

「そうだろうな」

会話が途切れて、無言の時間が流れた。僕たちは当てもなく歩き続けた。賑《にぎ》やかな街区の端っこまで来ると、向かい側へ渡って、いま来た道をまた戻った。

「あの時、言えなかったこと、言っておくわ」

明香里が平板な口調で切り出した。

「隆也が駅前で見たの、わたしが以前つき合ってた人。急に声をかけられて驚いた。あの時点では何もなかったけど、それを言っても信じてもらえないんじゃないかって思って、言えなかったの。恐れずにちゃんと言えばよかったのにね」

あの時の勘繰りが当たっていたと知って驚いたけど、それもどうでもよくなっていた。

「言えば言ったで、僕は嫉妬《しっと》したと思うよ。たとえ何もなくても」

「そうかもね。で、隆也のあれは何だったの？」

「悪い。本当に身に覚えがないんだ。信じてもらえなかったけど」

実はこうだったんだ、って弁解できたらよかった。そうしたら、「おあいこね」と明香里は笑ってくれたかも知れない。

「じゃあ、やっぱり資格がないのはわたしのほう」

肯定はできないけど、否定することもできなかった。それに、「あの時点では何もなかった」と明香里は言った。それはつまり、その後、何かがあったんだろう。もしそうなら、結果的には裏切ったのは明香里だったことになる。

また会話が途切れた。

「仕事はどう？　忙しい？」

取ってつけたみたいに質問した。

「うん。ちょっと大変。隆也は？」

「こっち も大変、かな」

痛々しいほどぎこちない、空虚な言葉の往復。「本当に大事なこと」には触れないように気を遣うみたいだった——そんなものがあるのかどうかも分からないのに。

ドーナツを、周囲から少しずつ齧《かじ》っていく。真ん中の穴には届かないように、慎重に。全部食べて真ん中に到達してしまったら、穴もなくなってしまう。実はそこには何もなかったんだ、と知った瞬間、全てが終わってしまう。そんな気がした。

だから僕はこの夜、ぎこちなさを思う存分楽しむことにした。事実、妙に心地よかった。

でも、そのうち、途切れ途切れの会話の話題すら尽きた。

「今日は、わざわざありがとう」

ようやく、僕から切り出した。

「どういたしまして」

「また会えるかな」

「どうかしら」

「また連絡するよ」

「ええ」

落ち合った駅に着いた。僕が改札をくぐって階段を上がるのを、明香里は外でずっと見送っていた。

半月ほどして、また明香里にメッセを送った。
《何か変なことなかった？　脅しみたいなのとか》
明香里からはそういう連絡はなかったけれど、そういうことがあったのに黙っているという可能性もある。正確には、あったと思いたかった。それが次の口実になるから。
今の明香里は、僕のことをどう思っているんだろう？
《ありがとう。今のところ、何ともない》
《よかった。ちょっと会って話さないか？》
《すごく遅い時間帯でもいい？》
僕に異存はなかった。
この間と同じターミナル近くの、大型書店の二階にあるコーヒーショップ。大通りを見下ろすガラス窓に面したカウンター席で、終電までの一時間ほどを一緒に過ごした。
明香里は疲れているように見えた。
「疲れてるのに、呼び出してごめん」
素直にそう謝った。明香里はうっすら首を横に振った。窓の下の雑踏を見つめる目が潤んでいた。
会話の内容は、取るに足りないつまらないものだった。今の二人がどういう間柄なのかよく分からなくて、でもそれを明らかにするつもりもなくて、そんな宙ぶらりんな感じに身を委《ゆだ》ねていた。

それからも何度か、同じように明香里を誘って、同じようにぎこちない時間を共有した。忙しいからと断られたこともあったけど、拒絶はされなかった。

一度だけ、明香里のほうから誘ってきたことがあった。それも、一週間先の日付を指定して《この日に会ってくれる?》と聞いてきた。

カレンダーを見た。明香里が指定した日は十月二十三日。特に何かの記念日というわけじゃないはずだけど、何の日であっても断る理由はない。とにかく嬉しかった。明香里が自分自身に対して抱いているわだかまりが解《ほぐ》れてきたのかも知れない。

けれど、その日の明香里は様子がおかしかった。顔を見た時からテンションが高く、はしゃいでいた。つき合っていた当時だって、こんな彼女を見たことはないっていうぐらい。

僕の顔を見るなり、

「ちょっとだけ飲みに行かない?」

と誘ってくる。例によって終電まで一時間ちょっとしかないタイミングなのに。

明け方までやってる洋風の居酒屋があったので、そこへ入った。席に着くなり、明香里は中ジョッキと料理を何点か注文し、僕はもう夕食を食べたあとだったので、ハイボールとサラダだけにした。

「ね、今日のニュース見た？」

ビールをひと口飲むと、勢い込んで話しかけてくる。

「どのニュースのこと？」

「スポーツニュース。フィギュアスケートのGPシリーズの」

見てない、と口を挿《はさ》もうとしたけど、僕にかまわず喋《しゃべ》り続ける。ロシアの選手がどうの、パーソナルベストがどうの、とても明るく嬉しそうに、とめどなく話す。

何かおかしい。無理をしているように見える。

思い当たったことを、恐るおそる口に出した。

「明香里、何かすごく嫌なことがあったんじゃないのか？」

僕がそう言った瞬間、明香里は電源がシャットダウンされたみたいにぴたりと押し黙った。そのまま、みるみる笑顔が失われ、作り物みたいにがっくりとうな垂れた。

「聞かないで」

ぼそっと呟《つぶや》く。

「わかった。何も聞かない」

そう答えるのが精いっぱいだった。明香里の心の中は、きっと堪《こら》えようのないほど荒《すさ》んでいる。僕がほんのわずかでも対応を誤ると壊れてしまう。そう思えて怖かった。

どれぐらい、沈黙が続いたろう。店内にさざめく喧騒の中で、僕と明香里だけが孤島に取り残された船のように浮かんでいた。

やがて明香里は顔を上げ、訴えかけるような視線を僕に突き刺した。

「抱いて、くれる?」

反射的に時計を見た。終電まではあと三十分しかなかった。

＊　＊　＊　＊

「それで隆也さん、どうしたんですか?」

穂乃花ちゃんが問う。今さら隠したりごまかしたりする必要もないだろう。

「ホテルに泊まった。ただ、僕が目を覚ました時には、明香里はもういなかったけど」

「十月、二十三日ですね」

唇をとがらせて斜め上に視線を泳がせる。記憶を探ろうとしているようだ。

「何か、心当たりがあるの?」

「ううん」慌ててかぶりを振る。「お姉ちゃんが遅いとき、あたし先に寝ちゃうこと多かったから、その日もそうだったんだろうな、って」

「ほとんど夜明け前だったと思うよ、彼女が帰宅したのは。少なくとも二時ぐらいまでは起きてたと思うし」

「その夜のお姉ちゃん、どんなでした？」

「どんな……って？」

いくら穂乃花ちゃんが「全部聞かせてほしい」と言ったからって、限度はある。大袈裟《おおげさ》だけど、明香里の尊厳を守らないといけないと思う。

「なんというか……すごく、情熱的だった」それ以上は言えなかった。「照れるよ」

「ごめんなさい」

穂乃花ちゃんも、それ以上は求めてこなかった。

あの夜の明香里は、情熱的だった。まるでこれが最後の一夜だとでもいうように。

そして、僕が眠っている間にそっと出て行った。

僕の前から姿を消す決心をしたんじゃないか、と心配になったから、気づいてすぐにメッセを送った。すぐに《勝手にごめんね。朝帰りするわけにいかなかったから》と返信が来たから、ほっとしたけれど。

でも、明香里が僕の誘いに応じてくれることは減った。《忙しいから》とか《体調がすぐれなくて》とか、そんなありきたりの理由で断られた。僕たちは「特別な関係」じゃないから、ありきたりの理由を覆《くつがえ》す大義名分は僕にはなかった。

結果的にはそれ以降、明香里と会ったのは三回だけ。二回目は、確かに体調が悪そうで、ほんの数分立ち話をしただけで終わった。

最後の三回目が、先月の二十二日だった。

僕の話は、終わりに近づいていた。

穂乃花ちゃんは息を詰めて、僕の言葉をひとつも漏らさずに聞き取ろうとしている。

6

＊＊＊＊

その日僕は、決意を固めて待ち合わせ場所に向かった。

一歩一歩、足を運ぶごとに気持ちが高ぶってくる。今夜、自分の人生が大きく変わる予感があった。

雑踏に紛れるように佇《たたず》む明香里を見た時、予感は最高潮に達した。先月と比べると血色も良さそうだし、痩せた感じだったのも元に戻ってきていて、そのことが僕を勇気づけてくれた。

「体調、よさそうだね」

挨拶代わりにそう声をかけた。

「そうでもないの。あんまり無理できなくて。今日も早めに帰らなくちゃ」

「そうなんだ」

残念だったけど、それが却《かえ》って決意を後押しした。ぐずぐずしている暇はない。

「大事な話が、あるんだ」

明香里の目を正面からしっかりと見つめた。

「奇遇ね。わたしもなの」

明香里もまっすぐに僕の目を見返してきた。

意外な言葉に一瞬だけ躊躇したけど、気持ちはすぐに決まった。

「僕が先に言ってもいいかな」

「ええ」

たくさんの記憶が脳裏を過《よ》ぎった。階段教室。図書館。告白した教室。僕の部屋。明香里の部屋。駅前のロータリー。ガラス張りのコーヒーショップ。ホテルの大きなベッド。

そして今、この場所。この場所からもう一度。

「もう一度、僕とやり直してくれないか？」

そう告げた。

再会してから半年近く経つけど、明香里に特定の相手がいる気配はない。僕の知っている明香里の性格から考えて、仮にあの一夜が単なる気の迷いであったのだとしても、他に大切な人がいるならあんな振舞いはしないはずだ。

あの夜の、今にも壊れそうな明香里。支えたいと思った。

やり直しても、結局はうまく行かないかも知れない。でも、あんな一時のすれ違いで破《は》綻《たん》するんじゃなくて、ちゃんと納得の上で別れるなら、二人とも笑って再出発できる。

向かい合う二人の間に沈黙が漂った。

明香里は最初、僕の言葉が耳に届いていないかのように無表情だった。それから、スローモーションみたいに目が大きく見開かれた。大きく息を吸い、吐き、そっと目を伏せた。

「……本気で言ってる？」

「軽い気持ちでこんなこと言えない」

「わたしはもう隆也の知ってるわたしじゃない」

「僕だって君の知ってる僕じゃない。だから、お互いもう一度知り合っていけばいいよ」

「あなたはわたしを受け入れられないと思う」

「その時はその時。君も僕を受け入れられないかも知れないし。ダメだったら、今度はちゃんと別れよう」

明香里が顔を上げた。黒目がちの瞳は湖のように水を湛《たた》え、形のいい唇はきゅっと結ばれている。

その唇がやわらかく動いた。

「隆也の気持ちは嬉しい」

「だったら」

「考えさせて。一日でいい。考えたいの」

また目を伏せた。

いま性急に答えを求めちゃいけない。ここは我慢だ。

「いい返事を期待してる」

そして、敢《あ》えて軽い調子で、ついでのように聞く。

「君の話は？」

「うん。それは、もういいの。ありがとう」

穏やかに言いながら、自分の体を抱きしめるように、両腕をお腹《なか》の前で軽く交差させて左右の肘《ひじ》を手で包み込んだ。

何の話だったのか、もちろん聞きたかったけど、これも我慢した。

「じゃ、今日はこのまま別れよう。ゆっくり考えてほしいから」

「ええ。そうする」弱々しい笑顔。「必ず連絡するから」

「待ってる」

僕は右手を挙げ、小さく振った。明香里は頷いて、僕に見送られながら駅のほうへと歩いて行った。

明香里の姿が完全に見えなくなってから、よしっ、と小さく叫んで、僕も帰路についた。

次の日の夜になっても、明香里からの連絡はなかった。

日付が変わるまで待ったけど、連絡はなかった。

《どんな答えでも、心の準備はできてる》

そう書き送った。

既読にならない。二日経っても三日経っても、既読がつかない。

思い余って電話をした。電源が入っていないためかかりません、と言われた。

何度かメッセを送った。反応はなかった。

十日ほどして、ようやく既読がついた。僕は色めきたったけれど、返信はなかった。

そして電話が鳴った――

＊　＊　＊

外はすっかり夕暮れになっていた。

僕と穂乃花ちゃんはカフェを出て、人気《ひとけ》のないキャンパスを幽霊みたいにゆらゆらと歩いた。二人とも、無言だった。

僕が通っていた頃は改装工事中だった学舎がすっかりきれいになっていたり、自転車置き場の位置が変わっていたり、そんなことが理由もなく寂しかった。

正門まで歩いてきた。

穂乃花ちゃんが立ち止まった。僕も足を止めた。

「つらい話、たくさんさせちゃいましたね。ごめんなさい。でも、感謝してます。隆也さんのお話聞けて、よかったです」

僕の顔を見上げて、一つひとつ、言葉を選びながら言う。

「そう言ってもらえると、僕も話してよかったって思えるよ。穂乃花ちゃんのほうがよっぽどつらいだろうし」

僕の話は、穂乃花ちゃんにとってちょっとでも慰めになったんだろうか。それとも、傷口をこじ開けただけだったんだろうか。

そして——明香里を追い詰めたのは、やっぱり僕だったんだろうか。

「穂乃花ちゃん、ひとつだけ聞かせてくれないかな」

「はい」コクンと頷く。「なんですか？」

「最後の日、明香里は僕に何を言おうとしてたんだろう。君はどう思う？」

「わかりません。でも……あの夜、帰ってきたお姉ちゃんは、嬉しそうに見えました。あたし、もうお休みしようとしてたんだけど、『少し喋らない？』って誘ってきて。何かいいことあったのかな、って思いました。今のお話なら、お姉ちゃんも隆也さんと同じことを言おうとしてたんじゃないかな。そう思いたいです」

穂乃花ちゃんは慎重に答えてくれたけれど、最後の部分だけは同意できなかった。だって、もしそうだったなら、あの時、その場で返事をくれたはずだから。それに、自ら死を選ぶようなことはしなかっただろうから。

明香里はきっと、僕とは逆のことを言おうとしていた。

どうしてあの時、ちゃんと聞き出さなかったんだろう。

僕とのことは、直接の原因じゃなかったのかも知れない。でも、明香里は何かに追い詰められて、苦しんでいた。死を選ばざるを得ないほどに。

僕はあの夜、自分の決意を告げることができた満足感に浸《ひた》っていた。明香里から、少なくとも最悪ではない反応を得ることもできて安堵していた。明香里が本当に苦しんでいることに気づかず、自分のことばかりを考えていた。

僕は結局、明香里のことをその程度にしか思っていなかったということなんだろうか。

「隆也さん」

穂乃花ちゃんに呼びかけられて、我に返った。

「そんなに悩まないでください。隆也さんのせいじゃない」

きっぱりとそう言う。少し大人びて見えた。

「お姉ちゃん、去年の春ぐらいから、情緒不安定でした。沈んだり、逆に妙にはしゃいだり、仕事も毎日すっごく遅くて生活も不規則だったし、最近は体調も悪かったし、何だか、いろいろあったと思うんです。きっと、隆也さんにも言えないようなことが、何かあったんじゃないかって、思うんです。隆也さんのせいじゃない。それに」

一気に喋り終えて、最後はぷっつりと言葉を切った。

僕の顔から視線を逸《そ》らす。

「それに、あたしなんて、お姉ちゃんと一緒に住んでたのに……一緒に住んでたのに、お姉ちゃんが悩んでることに気づいてなかった。ううん、なんか変だなって感じてたのに、プライバシー尊重とか理屈つけて、見て見ぬふりしてた」

背を向け、うつむいて顔を手で覆う。小さな肩が震えていた。

「隆也さんより、あたしのほうがよっぽど罪深いんです」

足もとに、ぽつ、ぽつ、と黒い染みができた。懸命に嗚咽《おえつ》をこらえている。

「穂乃花ちゃん」

たまらず、震える肩に背中から手を置いた。

「頼みがある。もし、明香里が抱《かか》えていた悩みについて、何か分かったら、僕にも教えてほしい。つらいだろうけど、頼むよ」

説得するようにそう言った。

何でもいいから、当面の間の「なすべきこと」を持たせたかった。そうでないと、この子は自分を責めるあまり明香里の後を追ってしまうんじゃないか。それが怖かった。

震えが止まった。顔を上げて、僕に向き直った。頬が濡《ぬ》れている。

「あたしも、そのつもりです。他にも、お話を聞いてみたい人がいますから。そうしたら、隆也さんにもお知らせしますね」

高校時代の交際相手のことだろう。

「ありがとう。でも、おかしな言い方だけど、危険な真似はしないでね」

「はい。気をつけます」

そう言うと、僕を見上げたまま、一歩だけ歩み寄ってきた。

こつん、と額を僕の胸につけた。

こらえきれなくなったのか、しゃくり上げて泣きはじめた。

二度と触れることのできない明香里の存在を確かめるみたいに、僕は穂乃花ちゃんの肩を抱きしめた。

第二章　巴美智彦

1

メール受信画面の発信者名で〈沖本《おきもと》穂乃花《ほのか》〉という名前を見た時は明香里《あかり》が改名でもしたのかと頓珍漢《とんちんかん》なことを考えた。そういえば妹がいるとか言ってたな、と思い出したのは本文画面を開いて《明香里の妹の穂乃花といいます》という書き出しを見てからだった。

その妹が何の用事だろうと次の行を読む。

《突然すみません。姉の明香里が亡くなりました》

スマホを取り落とすところだった。

嘘《うそ》だろ？　明香里が死んだ？　冗談だろ？　冗談にしちゃ性質《たち》が悪すぎるぞ。

背筋に寒気が走った。手の指の関節の腱《けん》が一つ残らずちぎれたみたいで力が入らないので、スマホの画面を巧くスワイプできずにメールの続きがなかなか読めない。

《姉の携帯電話に巴さんのアドレスが残っていたので、メールしています。できれば一度、お会いできませんか？》

俺はどうすればいいだろう？

どうもこうもない。会うしかないだろう。この穂乃花という妹にどれほど罵られることになったって、それは甘んじて受けなきゃならない責めっていうやつだ。

性質の悪い冗談であってくれ。しかし文面の続きは俺の願いを嘲笑するかのように残酷だった。

《姉は自殺だと警察の人に言われました。でも、動機が分かりません。巴さんが知っている姉のことを、聞かせてほしいです》

お前が原因だろうと言わんばかりだ。当然だ。他でもない俺自身がそう思うぐらいだ。俺は明香里を酷く傷つけた。それも一度じゃない。二度もだ。今なら分かる。その時の俺はどうしようもないクズだった。

三度目の正直なんていう都合のいいお題目を明香里が真に受けてくれるかどうか自信はなかったが、とにかく伝えるだけは伝えてみた。メッセージを送ったのが先月のことだ。既読は付かなかったが、俺のメッセージなんて読みたくもないだろうなと納得するしかなかった。本気だと伝わるように何度もメッセージした。うざがられたら逆効果だったかも知れないが他に方法はなかった。

既読になったのはかなり経《た》ってからだ。やっと読んでくれたんだと安心した。しかし返信は来ない。それもまた無理のないことだと納得していた。

ところが来たのは穂乃花と名乗る妹からのメールだった。俺に会いたいと。

幸い俺は自由業だ。時間も場所もそっちの都合に合わせると返信した。彼女はE駅近くの喫茶店に三日後の午後三時と指定してきた。お互い顔を知らない同士なので、俺はカメラ、彼女は雑誌〈Cendrillon〉の最新号を目印として持参することになった。

メールのやり取りを終えた俺は、畳の上にごろんと寝転がった。狭い部屋を見回す。薄汚れた窓から寒々とした西日が差し込む。ここからやり直そうと決めた家賃五万三千円のアパート。家財道具はあらかた手放した。商売道具のカメラ以外は。

体を起こして、シェルフに鎮座《ちんざ》ましましている愛機を手に取ってみる。N社製の一眼レフ。長年使っていてすっかり手に馴染《なじ》んでいる。新しくて高機能なサブ機もいくつか持ってるが、勝負の撮影に使うのはいつもこれだ。目印にはこれを持って行こう。

先に店に着いていたのは穂乃花で、俺が愛用の一眼レフを首から提げて店に入ると隅っこの目立たない席で首を伸ばしてこちらを見てきたのですぐに察しがついた。

背中に嫌な汗をかきながらテーブルに近づいた。

「沖本穂乃花です。巴美智彦《みちひこ》さんですよね？　わざわざすみません」

すっと起立して頭を下げる。明香里とはあまり似ていないなと思った。裾にボリュームを持たせた内巻きのエアリーボブ、ぱっちりしたアイメイク、フェイクファーのついたデニムジャケットと台形ミニスカートのコーデ。モデル系というよりアイドル系でなかなか可愛《かわい》らしいが、表情は硬い。無理もないだろう。実の姉が亡くなってからまだそれほど経っていないのだから。

「いや。連絡をくれてありがとう。待たせたかな」

「ううん、来たばかりです」

とにかく向かい側に座る。テーブルの上には冷水のグラスとお絞りが二つ。まだオーダーはしていないようだ。すぐに店員が来て二人ともコーヒーを注文した。

店員が下がると俺はお絞りでテーブルを拭《ふ》き、カメラをそこへ安置した。

「お姉さんのことは、お悔やみ申し上げます」

頭を下げた。いささか他人行儀な物言いになってしまった。会ったばかりなので会話の距離感が掴《つか》めない。

「ありがとうございます」

穂乃花も応じた。表情も硬いが声も硬い。だが言葉に特段の棘《とげ》は感じられない。俺を非難しに来たわけではないのだろうか。

「大きなカメラですね」

俺のカメラに目を留めて言った。会話の口火を探しているんだろうなと思った。

「だいぶ古い機種だけどな」

俺は答えた。

高校二年生の明香里を初めて撮ったのもこいつだった。

＊　＊　＊　＊

当時俺はいわゆる駆け出しのフリーカメラマンだった。八年前の四月だから二十五歳だったと思うが自信はない。

いちおう〈ダブルS〉というオフィスに所属はしていた。杉森慎三《すぎもりしんぞう》というそこそこ名の売れたフォトグラファーがそのオフィスの代表で、女を綺麗《きれい》に撮ることで定評があった。俺はそこでアシスタントの身分だったが、自分の才能に自信があったから杉森にへばりついて技術を盗もうとかいう殊勝《しゅしょう》なことは殆《ほとん》どしていなかった。

とっとと独立したかったが、その頃《ころ》は今とは違って撮影を発注したいクライアントと仕事が欲しいカメラマンとをマッチングするようなネットサービスは盛んじゃなかったし、SNSを使って広くPRしていくような風潮もまだ本格化していなかったから、俺のような駆け出しが自力で仕事にありつくのはなかなか難しかった。

ほぼ唯一《ゆいいつ》と言っていい当時の俺にとっての仕事の伝手《つて》は、出版大手T社が出しているハイティーン向けファッション月刊誌の〈ARIEL〉だった。何かの時に代打で物撮《ブツど》りの仕事をこなしたことがあって、それ以来暇を見つけては編集部へ顔を出して小さな仕事にありついていた。

その日もそんなつもりで〈ARIEL〉を訪れていた。

「巴ちゃん、いいとこ来た。静岡行ってくれる？」

書類だの原稿だのに埋もれたデスクの隙間《すきま》から編集の田代《たしろ》が俺を呼び止めた。

「イイねえ。ちょうど黒はんぺんが食べたかったところだ」

「それは重畳《ちょうじょう》。〈オフィスミノン〉が都合つかなくなって、代打探しててさ、中崎ちゃんに頼もうかと思ってたけど、巴ちゃん来てくれたからちょうどいいや。詳細はこれ」

田代に渡されたのは企画書というほどのものではない説明書きだ。

「うちの事務所通さなくてイイのか？」

「後で言っとくわ」

「で、いつ行きゃいい？」

「締切が近いから可及的速やかに。仕込みなしでいいから、ピンで行って」

「はいはい、例のやつね」

今回の仕事は「ＪＫの制服アレンジ&スクバの中身拝見·ｉｎ静岡」というタイトルで、

各地に出向いて現地の可愛い女の子を撮るシリーズの一編だった。

だいたいこの手の雑誌は読者モデルいわゆる読モで誌面を構成するんだが、撮影場所は当然ながら首都圏のスポットとかスタジオが殆ど全てだし撮影に使うアイテムもだいたい都内で調達する。地方の女の子たちはそれを雑誌で見て憧《あこが》れたり真似《まね》たりするわけだが、しょせん自分たちには縁遠い世界だと斜に構えて乗ってこない層もいる。そういう子たちにも積極的な購買層になってもらうためのフックがこのシリーズだ。「キミたちのこともちゃんと見てるよ」というわけだ。

謝礼はもちろん払うしモデル気分を楽しんでもらうこともできるから被写体になった子たちは喜んでくれるが、素人を撮るので親の許可が必要になるのが面倒だし、せっかくのイケてる素材が没になることも珍しくない。ただまあ仕事としてはスタイリストも同行しないから身軽だし好き勝手撮ればいいので楽と言えば楽だ。

あと、ごく稀《まれ》にだが思いがけない逸材に遭遇するチャンスもゼロじゃない。〈ＡＲＩＥＬ〉では定期的に誌面で読者モデルを募集しているしタレント事務所やモデル事務所を通じた売り込みも来るのでモデルに不自由はしていないが、こういった世界を知らない子や興味がない子にも飛び切りの金の卵がいて、そういうのを発掘した時の快感はちょっと他では例えられないものがある。

静岡の仕事で出会った沖本明香里はその稀有《けう》な例だった。

仕事の日、いつも通りバッグにカメラ二台とレンズ二本と予備のバッテリーその他を詰め込んで昼前に静岡入りした。しばらくその辺りをぶらついてから駅近くの定食屋で黒はんぺんフライの定食を食べ、あらためて街なかへ繰り出した。駅北側の繁華街やモールアーケードなどを物色しつつ、被写体の候補を探す。放課後の時間帯になってからが本番だ。

編集からは〈ARIEL〉契約フォトグラファーという肩書の名刺を持たせてもらっているので怪しまれる心配はあまりないが、単独行動の子には警戒されがちなので要注意だ。通報でもされた日にゃ洒落にならない。大概が三人ぐらいでつるんで行動しているから、そういうのを狙《ねら》って声をかける。三人いれば「えーどーしよー」とか「いーじゃん撮ってもらおうよ」とか言い合っているうちに、全員が頭の中で「自分が決定したのではない、同調しただけ」という言い訳をこしらえてくれるので話が早い。

許可をもらったらまず名前を聞いてから簡単にスナップみたいなのを撮って、液晶ディスプレイの閲覧モードでそれを見せてやる。それから指示をしてちょっとしたポージングをやらせてみたり、場所を変えて撮ったりする。焦点距離の長いレンズに交換して背景を適度にぼかして撮ったのを見せてやると、いかにもモデル撮影みたいな感じになって喜んでくれる。名刺を渡し、連絡先を聞いて、後で画像データを送ってやること、保護者の許可が得られたら指定の期日までに連絡をくれること、同意書を取り交わすこと、誌面に採用された場合の謝礼の振込のことなどを説明して解散となる。中にはその場で自宅に電話して親の許しをゲットする即断即決の子もいたりする。

ハイブランドの店舗のショウウインドウを覗《のぞ》いてきゃぴきゃぴと騒いでいるブレザーの制服姿の三人組が目に留まった。今日三組めの被写体にしようと考えて背中から声をかけた。三人が一斉に振り向いた。

真ん中にいた髪の長い子をひと目見た瞬間、「見つけた」と内心で雄叫《おたけ》びを上げた。

美人だった。髪のサイドをピン留めでまとめているので顔の輪郭がくっきりと見えていて、美しさが際立つ。リップと同系色のうっすらとしたアイブロウとチークが理知的な顔立ちに年齢相応の愛嬌《あいきょう》を加えていて、思わず手を触れたくなる。今のままでもそうとうイケているが、メイクとスタイリストをつければ更に大化けすると即座に確信した。

それが明香里だった。

「〈ＡＲＩＥＬ〉の撮影で来てるんだけど、知ってる？」

声が震えていたような気がする。

「えーっ、マジー？」

左の子がすぐ反応し、右の子もぱあっと目を見開いた。

「アリモのスカウトぉ？」

〈ＡＲＩＥＬ〉の誌面では専属の読モのことを俗にアリモと称している。スカウトに来たわけではないがとりあえず否定も肯定もせずに「撮らせてもらってもいいかな」と話を進める。自分の名刺を見せて三人の名前も聞いたが、最初に反応してくれた二人の子のことはもう名前も顔も覚えていない。

とにかく、真ん中の子を撮りたい。そればかり考えていた。

「とりあえず左右の子、顔の横で手のひらこっち向けてみて。対称になるように。そうそう。で、真ん中のキミは手のひらを上に向けて『はいドーゾ』みたいな。お、いいね」

といった感じでウインドウの前で何枚か撮ってすぐに見せてやり、企画内容を説明して了解をもらう。明香里は他の二人と比べると少し遠慮がちではあったが、やはりはしゃいだ雰囲気で液晶画面を見て笑っていた。

「これ、雑誌に載るんですか？」

興味深そうに明香里が上目遣いで質問してきた。シースルーの前髪が可愛く揺れる。

「編集部がオッケーしたらね。あとキミたちのご両親がオッケーしたら」

「えーあたし目つぶってるー」

右の子がちょっと口を尖《とが》らせる。

「たくさん撮るから安心して。ベストなのを選ぶからさ。場所変えようか」

公園に移動して何シーンか撮る。テーマの一つが「スクバの中身拝見」なのでベンチに座らせて開帳させる。人物撮りと物撮りを両方やるのでレンズの交換や設定変更が面倒な仕事ではある。

ご機嫌を取りながら撮影を進めたが、俺の目は明香里にくぎ付けだった。この子だけを撮りたいとそればかり考えていた。

他の二人に気取られないように明香里を観察していて気がついた。彼女は他の二人と比べて反応は大人しく控えめだが、さりげなく自分をアピールすることに長《た》けている。それにどうすれば自分が綺麗に見えるかを本能的に知っている。

ひと通り撮り終えて解散。三人とは手を振って別れて他の被写体を探し始めたが、頭の中は完全に明香里に占められている。別の二人組を撮り終えてそろそろ頃合いかと思い、交換したばかりの明香里のメアドにメールを送った。

《キミをアリモに推薦したい。一人になったら名刺のケータイ番号に連絡ほしい》

見て見てさっきのアイツこんなの送ってきたー、などと二人に暴露することは絶対にない。確信があった。

三十分後。ジャケットのポケットの中で俺の携帯電話がぶるぶると震えた。

＊　＊　＊　＊

「――駅前でもう一度落ち合って口説いた。あ、口説いたっつってもこの時はそういう意味じゃない。読モに推薦させてくれって意味で」

明香里を初めて撮影した日のことを、沖本穂乃花は興味深そうに聞いていた。

「そうだったんですね。姉が読者モデル始めたのは知ってましたけど、きっかけとかは聞かされてなかったんです。でも、巴さん、プロのカメラマンってさすがですね」

小首をかしげてそんなことを言う。

「さすがとは？」

何かを見透かされたみたいで、俺にしては珍しく緊張が走った。グラスを手にして水をひと口飲む。俺も穂乃花もせっかくのコーヒーにはまだ口をつけていなかった。

「人を見る目っていうんですか？　姉が電話してくるって自信があったんでしょ？」

「まあな」

「姉は、小さいころからきれいで、よく噂《うわさ》になるぐらいでした。なので、自分がきれいだって自覚してて、でも賢いから、それを鼻に掛けると反感を持たれるってことも知ってて、ぜんぜん自慢とかはしなかったんです。だからかな、自分から言い出さない分、みんなに『きれいだね』って言ってほしいって気持ち、たぶん強かったんだと思います。巴さんに注目してもらえて、嬉《うれ》しかったと思う。そういうの、巴さん感づいてたんですよね、きっと」

「承認欲求とかいうやつか？　そうかも知れないな」

俺は否定しなかった。いちばん近い身内が言うんだから間違いないんだろう。

話し始めて二十分、ようやく穂乃花との会話の距離感が安定してきた。彼女も同じと見えて、硬さも取れて年齢相応の愛嬌ある話し方になっていた。

幸いにも彼女は俺を非難しに来たわけではなく純粋に姉のことをもっとよく知りたいだけのようだったが、「姉のこと、何にも分かってなかったんじゃないかって」などと涙をこぼされたらやっぱり胸が痛んだ。

何とかこの子の力になってやりたいとは思うが、この先は下世話な暴露話になるだけだ。俺の恥を晒《さら》すことになるのは構わない。しかし明香里のことはそっとしておいてやるべきじゃないのか。この妹をも傷つけることになりはしないか。

遠回しな表現で「あまりいい話じゃないから聞かないほうがいいと思う」と伝えた。しかし穂乃花は真剣な目で俺を見た。

「何となくは分かってるんです。姉はモデルやってから、すごくふさぎ込んでた時期があったし、いろいろつらいことあったんだろうな、って」

「だろうな。平たく言えば全部俺のせいだと思う」

「だったら」穂乃花は縋《すが》りつくように身を乗り出した。「聞かせてください。もしも巴さんが、姉のことは自分のせいだって思ってるんなら、罪滅ぼしになると思って、聞かせてください。ごめんなさい、失礼なこと言って」

罪滅ぼしという言葉が胸の内にスッと入ってきた。そうだ。明香里とやり直すことは二度と出来ない。今の俺に出来るのはその妹の要求に応えることだけだ。

2

「こないだの静岡で、すごいイイ子いたね。あれ、ウチに欲しいねえ」

俺が話を持ちかけるまでもなく田代のほうからアプローチしてきた。

「だろ？　ぜひ今期のアリモに、と思ってさ」

〈ＡＲＩＥＬ〉では毎年アリモの一般公募をやっている。写真とプロフィールで応募してもらい、書類選考・面接・カメラテストなどを経て最終審査へ進む。モデル事務所などからの推薦があれば面接まではパスだ。最終候補に残った時点で誌面に掲載されて読者投票をやり、その得票と編集部審査の総合で合否が決まる。ただし投票結果は公表しない。編集部がどうしても採用したい子の得票が伸びないことが稀にあるからだ。

「どこかの事務所に所属してたっけ？」

「いや、素の素人だったよ」

「そりゃヤバい。とっとと囲い込まなきゃ」

モデル事務所やタレント事務所に発掘される前に囲い込もうという腹だ。事務所推薦の応募者は粒ぞろいだが、採用後に事務所にでかい顔をされるのがちょっと鬱陶《うっとう》しかったりする。逆に編集部が発掘した素人を事務所に斡旋《あっせん》すればこっちのほうがでかい顔ができる。

「巴ちゃん、アプローチ頼むわ」

田代が手刀を切る。もとより異存はない。「了解」と即答した。

「いやしかし、それにしてもこないだの写真、よかったねえ。なんか、グッときたよ。巴ちゃん、腕上げたんじゃない？」

田代がやけに小難しい顔で言った。

「お世辞はいいから定期的に仕事回してよ」

そう答えたが、褒められてまんざらでもなかった。

すぐに明香里に連絡をして次の休日に静岡へ会いに行った。

ベージュピンクのハイネックとスカーフベルトのロングスカートをまとった明香里は大人《おとな》びて見え、制服姿と比べて魅力も三割増しだった。

「お話、ありがとうございます。ぜひ挑戦させてください」

明香里は殊勝な言い方で決意を述べた。

「嬉しいね。ところで、アリモに採用されたら本格的にモデル活動してもらうことになるけど、ご両親はオッケーかな？　渋ってるなら俺が挨拶《あいさつ》に行くが」

「だいじょうぶです。母は許してくれましたし、父は去年亡くなりましたので」

軽く目を伏せる。こんな仕草にもどきりとさせられる。

「そりゃ悪いこと聞いちゃったな」

「いいんです。父が生きていたら、絶対にダメって言われたから」

明香里の両親は二人とも非常に保守的なお堅い考え方の持ち主で、幼いころから何かにつけ厳しく躾《しつ》けられたらしい。特に父親は浮ついたことが大嫌いな性格だったから、読モなんてとてもじゃないが許可してくれなかったに違いないとのことだった。

言われてみれば確かに言葉遣いや立ち居振舞いから受ける明香里の印象は「真面目《まじめ》なお嬢さん」といったところだ。しかし本人が意識しているかどうかは分からないが、彼女はそんな束縛から解き放たれたいという欲望を内に秘めているように俺には感じられた。アリモの話は自分を変えたいと思っているであろう彼女にとっては渡りに船になるはずだ。

とにかく既定の様式でアリモに応募するように伝えた。

「審査があるけど、おそらく採用される。そのつもりでいてくれ」

「そんなにうまくいくんですか？」

不安そうに聞く。

「君はそれだけの素材だと思う。万一ダメでも俺が何とかする」

つい勢い込んでそう言ってしまった。

「どうしてですか？」

「俺が君を撮りたいんだ。理由は、俺のカメラマン魂を強く搔《か》き立ててくれるから、かな。だから君のためというより俺のためにアリモになってほしいってところだ」

正直にそう言うと明香里は嬉しそうな笑顔を見せた。

俺と田代が考えたとおりに物事は進み、明香里は無事最終候補にまで残った。最終結果の発表は八月だが、候補に残った時点で〈ＡＲＩＥＬ〉読者に向けたＰＲ用素材を作ることになるから、事実上ここから読モ扱いみたいなものだ。

事務所推薦の応募者はポージングや自己ＰＲの練習などを積む機会が多いので有利だが、明香里は一般応募の不利を簡単に覆《くつがえ》せる魅力の持ち主だと確信していた。それでも万一ということはあるから明香里には場馴《ばな》れしておいてもらいたいと思い、俺は時間を見つけては明香里を撮った。静岡にも通ったし逆に彼女を東京に呼んだりもした。懇意にしている美容室に頼んでメイクの練習もさせた。もちろん報酬の発生する仕事じゃないから全部俺の持ち出しだ。

「どうしてそこまでしてくれるの？」

不思議そうに聞く。お互い気心が知れてきたせいか、明香里は時おり敬語を省《はぶ》くようになっていた。

「世の中に君を自慢したい。俺がこの子を見つけたんだってね。だからこの世でいちばん綺麗になってほしい」

歯の浮くような台詞《せりふ》を堂々と口にできたのは、この時の俺が本気だったからだ。どうしても俺の力で売り出したいという欲望を抑えられなかった。それに、明香里を撮ることで自分の技量や美的センスが向上するような手ごたえがあった。

果たして明香里は最終審査を通過し、晴れてその年のアリモに選ばれた。応募総数三千人強のうち採用されたのは五名という超狭き門だったが、俺にとっては当然の結果だった。

選ばれた新人アリモたちは〈ARIEL〉主催の読者参加イベントでお披露目《ひろめ》されるのが恒例で、イベントホールの舞台の上でスポットライトを浴びて照れ気味にポーズを取る明香里の姿を見て俺はほとんど泣きそうになった。

「彼女どうするの？　事務所からいくつかオファー来てるけど、斡旋《あっせん》する？」

田代が俺に尋ねた。

「本人がそのつもりはないって言ってる。少なくとも高校出るまでは」

「じゃ、誌面で使いたい時は本人に直接連絡？」

「それなんだが、俺がマネージャー代わりになろうかと思ってる。彼女がそうしてほしいらしい」

俺が答えると田代はちょっと困った顔をした。

「大丈夫？　巴ちゃん最近めちゃ忙しいだろ？　そんな余裕あるの？」

「何とかするよ。彼女のたっての頼みだしな」

「じゃ、そっちは問題なしね」

「そっちって、じゃあどっちが問題なんだ？」

問い返したが田代は答えなかった。俺も気にしなかった。忙しくなってきたのは確かで、仕事の依頼が増えていた。静岡の写真の評判が良かったためらしく、〈ＡＲＩＥＬ〉はもちろんだが他の媒体からも声が掛かった。明香里のセンスアップを自腹でやるだけの金銭的余裕があったのもそのおかげだった。


明香里のアリモとしての活動が始まった。まずは〈ＡＲＩＥＬ〉誌面での新人五名の紹介グラビアで、この栄えあるデビューの仕事は俺が請け負った。もちろん気合いを入れて撮った。明香里を依《え》怙《こ》贔屓《ひいき》するわけにはいかないから集合写真も五人それぞれのピン撮影も同じように気合いを入れたが、出来上がりを見るとやっぱり明香里がいちばんイケていた。掲載された誌面を見て、明香里は本当に嬉しそうに「ありがとう」と何度も礼を言ってくれた。

仕事が増えたことで独り立ちして食っていける目算が立ったので、思い切って〈ダブルＳ〉を辞めた。師匠の杉森からはぶつぶつ言われたが、俺はもう彼に負けないほどの実力を備えていると自負していたし、もっと自由に動きたかったから何を言われても気にしなかった。

〈ＡＲＩＥＬ〉の撮影はなかなかに重労働だ。撮影するこっちもそうだが、アリモのほうは尋常ではない負担になる。

　例えば「秋のファッションアイテム着回し一週間！」といったページ企画があるとする。「トレンド派ＶＳコンサバ派」みたいなギミックにしてそれぞれの傾向のファッションアイテムを多数揃《そろ》える。複数のモデルをフィーチャーして、片《かた》やトレンド派、片やコンサバ派という設定にし、それぞれ着替えては撮り着替えては撮りを延々と繰り返す。着替えるたびにヘアセットを変えメイクを直す。ロケ撮りになるとさらに移動の手間がかかるし空模様にも影響される。

　アイテムを変えたり場所を変えたりする都度いちいち表情やポージングの指示を事細かに出す余裕はないから、イメージだけ伝えてモデル自身に工夫してもらう。ここで感覚の鋭い子とそうでない子との差がつく。こちらの意図を的確に解釈して反応してくれたりそれ以上のものを見せてくれたりすると、こちらも気合いが入るしいい写真が撮れる。結果的にその子は誌面で映えて人気も出る。

　読者の支持を得たモデルは仕事が増える。複数モデルをフィーチャーした企画ではなく単体での撮影の機会が増える。〈ＡＲＩＥＬ〉の表紙を飾ることもある。メーカーやブランドから「ぜひこのモデルに誌面でウチの商品をアピールしてほしい」といった指名が舞い込んで特集を組んだりもする。

明香里は着々とそのルートに乗りつつあった。

彼女を単独でフィーチャーした企画は漏れなく俺が撮らせてもらった。スケジュールがどれだけ立て込んでいてもそれだけは調整した。

そうこうしているうちにその年も終わりを迎えようとしていた。

その夜、俺と明香里は洒落たイタリア料理の店でテーブルを囲んでいた。明日も撮影なので明香里は今日の夜は静岡には帰らずこっちに泊まる。せっかくだから晩めしでも食おうということになり、いわば二人だけの忘年会だった。もちろん他のアリモたちには秘密だ。

「季節感、狂っちゃいますね」

店内の飾りつけを見回して明香里が苦笑した。壁面も天井もそれぞれのテーブルもクリスマスをモチーフにしたオーナメントで統一されている。

「昼間の撮影はもう春物だったのに」

「そうだな。まあこの業界、仕方がないさ」

今日撮影した素材が誌面に載るのは二月末発売の号だ。それを参考に読者がアイテムを入手してコーデを楽しむ頃にはすっかり春になっている。

「見るもの聞くもの全部初めてばかりで大変だったけど、やっと慣れてきた感じ」

「それは何よりだ。けどアリモはあと三年以内で卒業になっちまうから、その先のことも早めに考えておかないとな。そのまま〈Cendrillon〉に移籍でもいいが、それだけじゃ物足りないしな」

アリモは二十歳までに卒業するのが通例だ。その後の進路は、同じT社が扱っている対象年齢層高めの雑誌〈Cendrillon〉に専属モデルとして移籍するのが定番になっている。

「まだそんなことまで考えられないな。目の前のことで必死だもの」

遠慮がちな発言とは裏腹に、明香里の目は輝いている。キャンドルライトを模した卓上の小さなLED照明が瞳《ひとみ》の表面で揺れる。

「君の写真集を出さないかって話が来てる」

まだ確定じゃない情報だがクリスマスプレゼントのつもりで明かした。

「美智彦さんが撮ってくれるの？」

「当然じゃないか」

「他からも引く手あまたなんでしょう？　そう聞いてる」

「確かにそうだが、君を撮るのが最優先に決まってるだろう」

「よかった」

〈ARIEL〉誌面では俺以外のカメラマンが明香里を撮影することももちろんあったが、やはり俺との仕事がしっくりくるそうだ。

「やっぱり、美智彦さんがわたしのこと、いちばんきれいに撮ってくれる。わたしのこと、いちばん分かってくれてる」

「当然じゃないか。君は――」

俺が見つけて、俺が磨いて、俺が売り出した。明香里は俺にとって、

「――娘みたいなもんだからな」

本当は他のことを言いたい衝動に駆られていた。しかし俺は二十六歳で彼女は十七歳で、しかも大切な商品だ。

「それ、美味《おい》しいの？」

こっちの複雑な思いには反応せず、俺のグラスを指差す。コース料理はパスタが終わってメインのチキンソテーまで進んでいて、俺のワインは三杯目が終わりかけだった。明香里には似たような色のノンアルコールカクテルをオーダーさせていた。

「ああ」

「早く大人になりたい」

唇を尖らせる。どういう意味で言ったのか分からず俺は戸惑った。だから唐突におかしなことを口走ってしまった。

「こんなクリスマスに俺みたいなオッサンと差し向かいで悪いな。普通なら彼氏とかと過ごしてるところだろうに」

「そんなの、いないから。美智彦さんのほうこそ、こんな小娘の接待してる場合じゃないでしょ?」

「小娘とは思ってないし接待でもない」

「娘みたいって言ったじゃない」

意地悪く笑う。その笑顔が胸の奥に刺さる。

「大人をからかうんじゃない」

精いっぱいの強がりだが、我ながら語気が弱い。三杯も飲むんじゃなかった——いや、むしろ往生際が悪いと言うべきか。俺はグラスを干し、さらにもう一杯オーダーした。

認めろ。いま俺は、モデルとしての明香里の魅力と同じぐらい一人の女としての魅力にも囚《とら》われていると。

四杯目をひと息で半分ほど飲み、明香里を正面から見据えた。

「訂正する。君を独占したい。モデルとしてだけじゃなく、一人の女としてだ」

明香里は目を丸くしたが、その割に驚いたという表情ではなかった。

「ひと口もらってもいい?」

また俺のグラスを指差す。

「未成年だろ」

「いいの」

俺の許可を待たずにグラスに手を伸ばし、細い指でステムを摘まんだ。そのまま口もとに運びひと口飲んだ。こくっ、と喉《のど》が鳴った。

グラスを元の場所に戻した。

「わたしがここまで来られたの、美智彦さんのおかげ。誰よりもわたしの価値を知って、それを高めてくれた。だから、独占されてもいい」

幸いにも聞き間違えるほどには酔ってはいなかった。グラスから離れた明香里の手を素早く握った。明香里が握り返した。

「もっときれいになれるかな、わたし」

「なれるさ。俺が保証する。そして俺が全部撮る」

「お願いします」

指先から明香里の動悸《どうき》が伝わってくるようだった。

その夜俺は明香里の裸を撮った。

＊＊＊＊

「それって、その……してるとこ、撮ったってことですか?」

穂乃花が素っ頓狂な声を上げた。他のテーブルの客が何事かとこちらに注目したほどだった。慌てて手で口に蓋《ふた》をする仕草がなんともコケティッシュだ。

「今の話だとそう思われるのも無理はないが、その夜は何もしてない。ただ裸を撮っただけだ……もうやめよう。こんな話、君も聞きたくないだろう？」

俺はかぶりを振った。

「でも、巴さんが姉にとって初めての人なんですよね」

穂乃花が食い下がる。俺はやむなく首を縦に振った。

——きれいに撮って。

裸を撮ってほしいと言い出したのは明香里のほうだった。食事が終わると予約してあったホテルへ行きチェックインをした。ツインの部屋をシングルユースで取ってあったのでツインユースに変更した。部屋へ入って照明をぎりぎりまで暗くした。明香里は着ているものを全て脱ぎ捨てた。美しかった。他に言うべき言葉はなかった。命がけの気分でシャッターを何度も切った。撮り終わって明香里にバスローブを着せ、ベッドの上で二人で写真を見た。写真集の素材選びみたいにこれがいいこれはダメと言い合った。そんな成り行きが可笑《おか》しかった。

そのまま別のベッドで眠った。

「嘘みたい……」

穂乃花が不思議そうに呟《つぶや》いた。明香里もワインを口にした時点で気持ちを固めていただろうに、真剣に写真を見ているうちにお互いそんな気分が消えていた。自分でも不思議だった。ある意味、奇跡の一夜だったと言えるかも知れない。

翌朝、目を覚まして向かい合った時の例えようのない気恥ずかしさは今も忘れない。

「じゃあ、最初は、いつだったんですか？」

穂乃花はまだこの話題を手放そうとしない。俺も観念した。

「その次に彼女が東京に泊まった時だった」

「姉はその時、幸せそうでした？」

真剣な目で俺を見る。

「ああ。俺はそう信じてる」

「よかった」

穂乃花は安堵《あんど》したようだった。

あの時の明香里が本当に幸せだったのか、もう確かめることはできない。その時は幸せに感じていたとしても、後になってきっと後悔したのだろうと俺は思っている。

3

それからも俺の仕事は引き続き順調で多忙を極めていたが、明香里との秘密の逢瀬《おうせ》の時間は確保するよう努めていた。泊まりの時には当たり前のように抱いたし明香里もそれを望んでいた。体の線が崩れるのが心配で明香里を組み敷くような体位はなるべく取らないようにしていた。性の快感を経験してからの彼女はより美しくなったように思えた。

三月半ばのある日のこと、その日の用事を済ませて〈ARIEL〉編集部を出ようとしていた俺の袖《そで》を田代が引いた。

「巴ちゃん、ちょっといい？」

いつもの軽い感じじゃない。「いいよ」と答えて従った。彼は俺をパーティションに囲われた打合せコーナーへ誘った。

「忙しそうで何より」

座るとまずそう言ったが明らかに本題ではない。

「おかげさまで。で、どうかしたか？」

「取り越し苦労ならいいんだけどさ。明香里ちゃん、何かあった？」

「何か、とは？」

ここしばらく、明香里の表情に暗い影が差すように感じることがあって気にはなっていた。田代もそれに気づいたのかと思ったが、違った。

「巴ちゃんと一緒にいるところ見たって、とあるアリモが言うんだよね。もちろん、撮影の仕事じゃなくってさ」

見られていた？

細心の注意を払っていたつもりだったが、どこかでしくじったということか。しかし、いつどこでどんな場面をどの程度見られたのかが問題だ。

「ふうん。いつのことかな。あと、見てたのって誰？」

ひとまずすっとぼけてみたが、田代には通用しなかった。

「巴ちゃんともあろう男が、ずいぶん脇《わき》が甘かったんじゃない？　アリモたちの中ではもう噂になってるよ。ちょっとよくない雰囲気」

「まさか。だってこないだの撮影の時だって」

「そんな感じ全然しなかった、って言いたいんでしょ。明香里ちゃん含めて四人ぐらい一緒の撮影だったけど、みんな和気藹々《あいあい》としてたって。巴ちゃん、それは女を甘く見過ぎでしょうよ。言っとくけど、巴ちゃんが明香里ちゃんと一緒にいるところを見たっていうのは、他のアリモたちにとっては、『問題』じゃなくて『答え』なんだよ」

「どういう意味だ？」

「あの二人できてるんじゃない？　っていう疑問が、その目撃によって発生したんじゃなくて、ああやっぱりそうだったのね、っていう答え合わせになったってことだよ」

田代が言うには、同期はもちろんのこと他のアリモたちからも俺は最初から「明香里を依怙贔屓している」と疑いの目で見られていたそうだ。

「それは当然だろ。俺は彼女のマネージャー代わりでもあるんだからな」

「その事情は彼女らも知ってるよ。そもそも巴ちゃんが発掘してきた子だしね。大事にするのは分かる。でも、アリモとしての扱いに差をつけちゃったら、そういうのには彼女らは敏感だよ」

「扱いに差をつけたつもりはない。撮影回数もカットの数も差はつけてない。スポンサーのほうから明香里を指名してくるのは、俺の依怙贔屓じゃないだろう?」

「で、実際のところはどうなの? 明香里ちゃんとは」

俺は答えに迷ったが、すぐに答えられないということ自体が答えになってしまっているので、そのまま答えなかった。

「そういうことね」田代もそれで了解した。「実は、こんなことになるんじゃないか、って最初っから心配だったんだよ。でも、巴ちゃんとしては、だからこそむしろ意識して差をつけないように気をつけてたって言いたいんでしょ。それでもアリモたちに見抜かれたってことだよ。『明香里の時だけ巴さんの目の色が違うのがカメラ越しにでもわかった』って言ってる子もいたよ。あの年齢でも、つくづく女って怖いよね」

最後はちょっと同情的な言い方だった。

その夜、明香里に電話をして田代から聞いた話を伝えた。

「しばらく二人では会わないほうがいいな。どこで誰が見てるか分からないから」

言いたくなかったがそう言うしかなかった。明香里をここまで美しく魅力ある女にしたのは自分の功績なのに、なぜその成果を味わってはいけないのか。理不尽な思いだった。

明香里はしばらく無言だったが、やがてぽつぽつと打ち明けはじめた。

『わたし、以前から、アリモ仲間からいろいろ言われてて……』

「何をだ？」

『美智彦さんに取り入ってるとか、枕《まくら》だとか。もう十月ごろから』

十月と言えば本格的にアリモ活動を開始してまだいくらも経ってない頃だ。

「どうして俺に言わなかった？」

『だって、その頃はまだ、美智彦さんとも、そういうんじゃなかったし、そうなってからは……何だか言えなくなってしまって……言えば、美智彦さんが離れて行きそうで』

明香里にしては歯切れの悪い口調だった。それだけ悩んでいたということなのだろう。

「配慮が足りなかった。すまない」

『恋愛って、周りに配慮しながらするものなの？』

十七歳の女の子の真っ直ぐな訴えかけが耳に痛かった。返事ができなかった。俺が黙っていると明香里が言葉を継いだ。

『わたし、モデルの仕事、休んじゃだめ？』

「それは……ここまで来たのに、休んだりしちゃもったいないじゃないか」

『でも……』

また歯切れ悪く言いよどむ。それでやっと気づいた。

「何か、されたのか？　他のアリモたちに」

『少しだけ』

「何をされた？」

『大したことじゃないの。みんなモデルだし、それはお互い分かってるから、モデルの仕事ができなくなるようなことは、しない。喋《しゃべ》ってくれなかったり、私物を隠されたり、そんな通りいっぺんのこと。でも学校のことは、ちょっと、参っちゃった』

「学校のこと？」

『うん。二人のこと、覚えてる？　美智彦さんが初めてわたしを撮ってくれた時、一緒にいた二人のこと』

「もちろん覚えてるさ」嘘だった。「それがどうかしたか？」

静岡での撮影は六月発売の号に記事として掲載された。一緒にいた二人の友人もすこぶる喜んで、普段は滅多に買わない〈ＡＲＩＥＬ〉を買って周囲に自慢していたらしい。そこまでは良かった。しかし、翌七月発売の号でアリモの最終候補として明香里が載っているのを二人が見たところから、雲行きが怪しくなった。

『嫉妬《しっと》されたみたい。抜け駆けだって言われた。舞い上がってその気になって応募したら通っちゃった、って納得してもらったんだけど』

俺が一本釣りしたなどと明かそうものなら嫉妬は倍増したに違いない。

『でも、それからやっぱりぎくしゃくするようになって……二人がクラスの中で言いふらして、いろいろ陰口言われるようになっちゃった。それでも、読者モデルに選ばれるなんてスゴイね、って素直に褒めてくれる子もいたし、気にしないようにしてたの。でも、アリモ仲間に美智彦さんとのこと見抜かれて、それで』

あろうことか、明香里の高校のサイトにそのことが書き込まれたというのだ。アリモの誰かが書いたという証拠はないが他には考えられない。

これをきっかけに、明香里の活躍を肯定的に見てくれていた友人たちも態度を変えた。そうでなくても明香里はもともと周囲からは敬遠されがちだった。明香里は自分が綺麗なことを鼻に掛けていると思われないために言動を抑制するよう努めていたが、そんな努力をすること自体がいけ好かない態度だと捻《ね》じくれた解釈をする者も少なくなかった。

その環境に明香里と俺のことが情報として投げ込まれた。蟻《あり》の巣に砂糖を撒《ま》いたようなものだ。

『学校は……ちょっと、ひどいの。アリモのみんなは、わたしのことはともかく〈ＡＲＩＥＬ〉のことは大切だから、〈ＡＲＩＥＬ〉に傷がつくようなことは絶対にしない。でも、学校のみんなにはそんなの関係ないから……』

モデルのことが原因でいじめに遭っていると知られたら間違いなく辞めさせられるから、母親にも相談できていないと言う。どうしても登校する気にならない時だけ、体の不調を理由にして休んでいるそうだ。

明香里がそんなことになっているなんて知らなかった。知らなかったということが腹立たしかった。俺は自分の無思慮や不甲斐《ふがい》なさに腹を立てるべきだったのに、それを認めたくなくて、明香里をそんな状態に追い込んだ周囲の連中に腹を立ててしまった。

「そんな奴《やつ》らに負けるんじゃないぞ。そいつらはおまえに嫉妬してるだけだ。自分に出来ないことをやっているおまえを許せないだけだ」

俺は励ましたが明香里はそれには答えなかった。

『来週から春休みだから、少し落ち着けるけど、でもまたすぐ新学期になるし……美智彦さん、ほんとうに、アリモを休んじゃだめ？』

「続けてほしい。俺もこれからはきちんと配慮する。人の噂も何日とか言うじゃないか。しばらく辛抱すれば元に戻る」

『……わかった』

一応納得してくれたみたいなので電話を切った。

年度が変わり明香里は高校三年生になった。

　俺と明香里の噂は表面的には沈静化しているようだったが、明香里の表情は翳《かげ》りを帯びることが多くなっていた。それはそれで美しく映える写真が撮れるが、〈ＡＲＩＥＬ〉の誌面が要求するのはそんな憂《うれ》いを帯びた写真じゃない。

　しかし対象年齢層が高めの〈Cendrillon〉ならイケるんじゃないか。相場からは少し早いが高校卒業と同時に〈ＡＲＩＥＬ〉から移籍させてもいいかも知れない。そんなことを考えながら仕事を続けていた。

　明香里の仕事は徐々に質が落ちてきていた。俺以外のカメラマンが撮った時には如実だった。そのことは、彼女の良さを引き出せるのは俺だけだという自負心を補強してくれはしたが、それだけだった。明香里の評判を挽回《ばんかい》しようと俺が頑張れば、また依怙贔屓だの何だのと謗《そし》られることになりかねない。状況の改善は難しかった。

《二人で会って相談したい》

　そんなメールが来たのは高校が夏休みに入った頃だった。明香里はますます精彩を欠くようになっていて、無理をしているのが傍目《はため》にも分かった。

　俺は静岡まで出向いた。元気づけようと思って値の張るレストランを奮発した。

「その後、学校はどうだ？」

　明香里があまり話さないので俺が適当な話題を振った。

「今は夏休みだから……」

「そうだったな」

最初からちぐはぐだった。食事も進んでいなかった。

「来月は〈ARIEL〉の読者イベントだな。今期の新人アリモのお披露目会だろ？」

明香里は頷《うなず》いた。毎年恒例のイベントで、二年目のアリモがグループで司会進行役を務めることになっている。

「やっぱり、休みたいの。アリモ」

不意に明香里が口にした。

「その話か。T社に言って、来年から〈Cendrillon〉に移れるようにしようかと思ってるんだ。どうだ？」

首を力なく横に振る。

「受験勉強もしたいし……」

「勉強とモデルを両立させてる子なんていくらでもいるぞ？」

「分かってるけど……でも」

くっと顔を上げて、決意を秘めた目で俺を見た。

「モデルでなきゃ、だめなの？　美智彦さんは、モデルじゃないわたしには関心ないの？」

「そんなわけないだろう！」

激高して叫んだ。なぜ腹が立ったのかは分からない。たぶん図星だったからだろう。

「ごめんなさい」

目に涙を浮かべて頭を垂れた。

「どうして謝る」

「今のわたしは、美智彦さんの求めには応えられない」

「そんなことはないさ」

「無理です」

取りつく島もない。それ以上の無理強いはできなかった。

結局、当面の間はアリモを休むことで折り合いをつけた。しばらく休んで冷静になればまた元に戻るだろうと思った。

〈ＡＲＩＥＬ〉の誌面では体調不良で休業ということにして、明香里が手を振っている写真と自筆メッセージを掲載した。《また元気になって戻ってくるね！》と可愛らしい字で書かれていた。

しかし俺は相変わらず忙しかった。巴美智彦は女を撮らせたらいい仕事をする、という評判が定着しつつあった。

明香里が休業に入ってしばらくは俺もまめにケアをしていた。アリモはやってないんだから依怙贔屓も何もないだろうという理屈で二人でデートもしたし、静岡まで出かけてプライベートで撮影もした。しかし以前のような写真は撮れなかった。俺の腕が落ちるとは思えないので明香里のほうに原因があるのだろうと俺は思った。

静岡へ足を運ぶ頻度はどんどん減っていった。何しろ忙しかった。仕事はいくらでもあった。いつまでも元気を取り戻さない明香里の復帰を促すよりも他にすべきことがある。そう思い始めていた。

そしてとうとう俺は明香里に「別れよう」と告げた。

「わたしが復帰しないから?」

明香里は寂しそうに聞いた。もっと複雑な思いがあったが説明するのが難しかった。日々の忙しさにかまけてそういう努力を怠るようになっていた。

「そう思ってくれても構わない」

俺は答えた。

＊　＊　＊

「覚えてます。その頃、姉はちょっと引きこもりみたいになってて」

穂乃花が述懐する。俺を責めるようなことは言わない。

「実際には引きこもってたわけじゃないんです。ちゃんとご飯も食べるし、運動もするし、いつも通り身ぎれいにして。でも、何ていうか、雰囲気が引きこもりっぽくて。あんまり笑わなくなってたし」

「そうか……」

何も言えない。

「読モ辞めて、姉はほっとした様子でした。でも、すっごく落胆もしてた。いろんなことに自信がなくなってて。で、あたし確かその時、とにかく受験勉強がんばったら、って言いました。あたしも中三で高校受験だったし、一緒にがんばろ、って」

ひとりの高校生としてやるべきことを定めて、普通の生活に戻っていたということなのだろう。それはそれで彼女のためにはよかったのかも知れない。少ししてメールや電話をしてみたが、着信拒否されていた。お互いの道を歩き始めたということだな、と俺はきれいごとのように考えていた。

そして俺は自分が思い上がっていただけの馬鹿野郎だったことを思い知ることになる。

4

フリーカメラマンとしてひとかどの評価を得たことで増えたのは仕事だけじゃなかった。いわゆる取り巻き連中も増えた。何らかのおこぼれに与《あずか》ろうという男たちや女たちだ。

正直、俺も有頂天になっていた。金回りも良くなった。新しい機材も買った。それぐらいならカメラマンとして当然のことだろうが、のぼせ上がっていた俺は他にもいろいろと散財した。車も買った。マンションも買った。夜な夜な遊び呆《ほう》けるようになっていた。

田代あたりは「ちょっとどうかしてんじゃないの」と注意をしてくれた。

「宝くじの高額当選者って、よく破産するって言うじゃない。巴ちゃんもあんまり金遣いが荒いと、そうなっちゃうよ」

しかしその時の俺にとって彼の心配は鬱陶しいだけだった。成功者に対する妬《ねた》みだろうと取り合わなかった。

「それはあぶく銭だろ？　何の努力もなしに降って湧《わ》いたような一時金だから、使い果たしたらそれでおしまいなのは当然じゃないか。俺がいま潤《うるお》ってるのは働いた対価だから話は別だ。自分の力で正当に稼いでるんだからさ」

俺はそう言ってのけた。

しかしそんな日は長くは続かなかった。最初は小さな綻《ほころ》びだった。すり寄って来る女ととっかえひっかえ遊んでいたのはよかったが、そのうち一人から妊娠したと言って結婚を迫られた。俺にはそんなつもりは全くなかったから金で解決するしか方法はなかった。特定の恋人を作る気になれなかったから遊びに徹していたが、それにしても相手を選ぶべきだった。ちやほやしてくる奴にその気にさせられて失敗した。

そういうネガティブな噂話は尾ひれがついてあちこちに知れ渡った。

私生活がどうでも仕事の腕さえあれば気にすることはない。よく言うじゃないか。人格と芸術性は比例しない。モーツァルトもそうだしゴッホだってそうだろう。そんな風に高を括《くく》っていた。

凋落《ちょうらく》は意外と早く訪れた。

仕事の依頼が減りはじめた。最初のうちは鷹揚《おうよう》に構えていたが、徐々に焦《あせ》り出した。車はキャッシュで買ったがマンションは当然ローンだ。二年ぐらい経つと支払いに汲々《きゅうきゅう》とするようになった。

「こうなるんじゃないかと心配してたんだよね」

田代がそう言った。

「巴ちゃん、確かに腕上げたけど、言っちゃなんだけど別にそんなにスーパーなわけでもなかったんだよ。でも、明香里ちゃんを撮った時は凄《すご》かった。ピン撮影もそうだけど、彼女含めて複数モデル撮った時でもね、彼女だけじゃなくて他の子も輝いて見えた。いい写真だったよ」

「それは自覚してたさ。彼女がいると、『ゾーン』っていうのか、そういうのに入った感じがした」

「でしょ？　でもそれって、彼女がいたからこそで、巴ちゃん自身の地力じゃなかったんだよ」

俺は唇を嚙《か》んだ。たぶん田代の言う通りで、俺は過大評価されていたのだろう。明香里との仕事の出来が良かったものだから、それがメッキみたいになっていた。他の仕事が多少拙《つたな》くても「でも巴はあれだけ凄い写真を撮れる男だし」というように色眼鏡で見てもらえていた。

明香里と離れたことで周囲の連中の色眼鏡も外れてしまった。

結局マンションも手放したし車も売った。また小さな仕事を見つけては稼ぐ生活に逆戻りだ。今さら頭を下げて〈ダブルS〉に戻ることもできないから自力で何とかするしかなかった。

田代は俺に同情したのか何くれとなく世話を焼いてくれた。〈ARIEL〉での仕事はさすがに無理だったが、他の媒体に紹介してくれたりした。

その田代が奇妙な連絡をしてきたのは三年前の秋ごろだった。

『教えようかどうしようか迷ったんだけどさ』

電話の向こうの声は本当に迷っているようだった。

『読者からアリモにファンレターって来るじゃない』

「らしいな」

明香里にもよく来ていたことを思い出した。

『こないだ、明香里ちゃんに来たんだよ。正確には編集部宛《あ》てのメールだけど』

その明香里の名前を田代が出したもんだから俺は面食らった。

「なんで今ごろ？」

彼女がアリモからフェードアウトして四年になる。二十二歳になっているはずだ。

『ほら、彼女、休業しますって言って、それっきりだったでしょ。卒業してない』

アリモが「卒業」する時には誌面でページを設けて特集を組む。明香里はそれをしていない。

「そりゃそうだが、仮に続けていたとしてもどっちみち年齢的に〈ＡＲＩＥＬ〉にはいられないだろう？」

〈ＡＲＩＥＬ〉の読者が高校を卒業したら〈Cendrillon〉に誘導するのがＴ社の戦略だ。それを狙って人気のアリモはその多くを〈Cendrillon〉の専属モデルに移籍させる。モデルが移籍すればファンの読者もついてきてくれることが期待できる。しかし、もちろん明香里は移籍もしていない。俺は田代の話が読めずにいた。

『ここからが本題なんだけど、そのメールの子、街で明香里ちゃんを見たっていうんだよ』

俺は胸を衝《つ》かれた。が、驚くような話でもない。

「まあ、静岡じゃ彼女は目立つだろうな。『前にアリモやってた人だ』と見定められても不思議はないさ」

もしモデルを続けていたら〈Cendrillon〉の表紙を張れるぐらいにはなっていただろう。

『それが、東京なんだってさ。で、彼女は〈Cendrillon〉には出ないのですか、前によく撮影していたカメラマンの巴さんはどうしてるのですか、っていう質問が、そのメールの本題だった』

明香里が東京に？　俺は不思議だった。東京には嫌な思い出があるだろうに。

しかし当時の彼女の言葉を思い返してみると、アリモ仲間よりも学校の友人たちからの仕打ちのほうが辛《つら》かったと言っていた。地元のほうがむしろ嫌な思い出が多かったから大学進学を機に地元を脱出したということなのだろうか。

田代は、そのファンの子が明香里を目撃したという場所を教えてくれた。近くに大きな私立大学のあるD駅だった。

『どうするかは巴ちゃんに任せるよ。ただ、同じ失敗はしないでくれ。それだけ』

電話は切れた。

次の日から俺はD駅界隈《かいわい》をうろつくようになった。そこに行けば会えると決まったわけではない。たまたまそこで見かけた人がいる、というだけのことだ。それでも足を止めることが出来なかった。

明香里を撮りさえすれば俺は復活できる。何の根拠もなくそう信じていた。

明香里に連絡を取る方法はいくらでもあった。ケータイは着拒されていたが、アリモの応募用紙を見れば自宅の住所も電話番号も分かる。田代に頼めば配慮してくれるはずだ。しかし、どの面を下げて連絡すればいいのだろう。

せめて自力で捜し出したかった。初めて明香里を見出《みいだ》した時のように。幸いにも暇だけはあった。俺はほとんど毎日、午後はD駅の近辺を出歩いていた。ただ歩き回るのも退屈だから、街の風景を適当に撮った。考えてみれば風景を撮った経験はあまりなかった。人か物かだけだった。景色を撮るのも面白いなと感じた。

そして――半月ほどして、俺はとうとう明香里を見出した。

遠目にもすぐ分かった。すっかり大人の女になっていた。駅前の商業ビルから一人で出てきたところを見つけたのだが、何か満足のいく買い物でもできたのか、誰に見せるでもなくほんのりとした笑顔だった。

すぐに追いかけた。

「明香里！」

大きな声で呼ばわった。

明香里は足を止めて振り返った。俺の顔を見ると信じられないというように首を振り、すぐに駆け足で去ろうとした。

「待ってくれ！」

後を追う。バス乗り場になっているロータリーの手前で追いつき、咄嗟《とっさ》に左の二の腕を摑まえた。明香里は振りほどこうとしたが、ちょうど信号が変わってバスが動き出し明香里の行く手を阻《はば》む格好になった。

明香里は力を抜き、観念したというように空を見上げた。俺は明香里の腕を放した。二人とも息が切れていた。

「引き留めてすまない。どうしても話したかった」

明香里がゆっくりとこちらを向く。聞こえるか聞こえないか程度の小さな声で「お久しぶりです」とだけ言った。

「今は大学生？」

俺の質問に頷く。

回りくどい言い方をしても意味がない。断られて当たり前の頼みだ。単刀直入に言うしかない。

「もう一度、おまえを撮らせてくれないか」

「考えられない」首を横に振る。「いきなり現れて、そんなの」

「そうだろうな。無茶を言っているのは承知なんだ。今の俺の状態は知ってるか？」

また首を横に振る。

「そうか。もう別れた相手だもんな」

当然だろう。俺は首を竦《すく》めた。明香里は申し訳なさそうに下を向いた。

分かっていたことだ。本当なら明香里の前に顔を出せるような立場じゃない。

「本当にすまなかった。もしも気が向いたら連絡をくれないか」

ジャケットのポケットから営業用の名刺を出し、躊躇《ちゅうちょ》する明香里の手に無理に握らせた。柔らかくて温かな指が俺の手に触れた。

「それじゃ、元気で」

俺はそれ以上食い下がることをせず、すぐに立ち去った。

明香里がどんな顔で俺を見ているか知りたかったが、やめておいた。さっき見かけた時のあの柔和な笑顔。俺の姿を認めた時の硬い表情。彼女にとって今の俺が穏やかな日常に突如割り込んできた闖入者《ちんにゅうしゃ》であることは疑いない。今どんな顔をしているかは振り返って確認するまでもないだろう。

元気そうにしていた。それだけで充分だ。そう思い込むことにした。

＊　＊　＊　＊

「強引に勧誘とかしなかったんですね。せっかくの執念《しゅうねん》が実ったのに」

穂乃花が感心するように言った。

「まあな。虫のいい頼みだったしな。けど結果的にそれが良かったのかも知れない……いや、悪かったのかもな」

「何ですか、それ」

強引に迫らなかったことが却《かえ》って明香里の心に何かを残したんじゃないか。一か月後に明香里のほうから連絡をくれた理由はそれしか考えられない。そしてそれを契機として俺は明香里の生活に侵入し、再び彼女を大きく傷つけることになる。

「今から話すよ。聞いたら君は俺を軽蔑《けいべつ》するだろうな」

5

明香里から電話が入った時は耳を疑った。それを期待しないわけではなかったが同時にそんなことはあるまいとも思っていた。

『このあいだはごめんなさい。突然のことでびっくりしてしまって……』

明香里はそう切り出した。

「いや、俺のほうこそ驚かせてすまなかった。元気にやってるのか?」

『そうでもない……かな?』

軽口みたいな言い方だったが、どこか無理をしているように聞こえた。

「そうか。それはよくないな」

『美智彦さんは？』

「俺もだ。鳴かず飛ばずってところかな」

『お仕事、うまくいってたんじゃないの？』

「そんな頃もあった。今思えばおまえがいてくれたからこそだった」

臆面《おくめん》もなくそんなことを言った。

『そうなのかな』

「失って分かる重みってやつだな」

『そんなに重かった？』

ちょっとだけ笑い声になった。

「言葉のあやだ。気にしないでくれ。感謝の意味で言ってるんだ」

『ありがとう』

嬉しい言葉だ。俺はその言葉をしばし噛みしめた。明香里は続けた。

『わたし、自分が何を拠りどころにしていたのか、よく分からなくなってしまって、ふと気づいたら、もらった名刺を握りしめてた』

「電話くれて嬉しいよ。絶対にないと思ってた」

『わたしも絶対するつもりなかった。あの日はまだ』

このひと月の間に何か心境の変化があったのだろうか。

「会えないか？　モデルの話はどうでもいいんだ。ただ、もしおまえが嫌じゃなければ、会って話をするだけでもいい」

『ほんとにいいの？』

「ああ、本当だ。無理は言わない」

『逆、逆。撮らない美智彦さんなんて、美智彦さんじゃないでしょう？』

望外の言葉だった。

『それで何かが変わるのなら、撮ってくれてもいい』

もちろん俺に異議があろうはずもない。

「分かった。撮らせてくれるか」

『はい』

それから少しお互いの近況などを言い合って、その日の会話は終わった。

高校を卒業した明香里は東京の大学に進んだ。理由はやはり学校でのいじめの件で地元に居たくなかったからだそうだ。大学生活はそれなりに充実していたが、基本的には人と関わらないようにしてきたという。就職も決まりあとは卒業を待つだけとなったが、理由は語らなかったがふと自分を見失うようなことがあったらしい。今は妹と住んでいるので、自分が落ち込んだり傷ついたりすることがあってもそれを表面に出して妹を不安がらせたくなくてつい強がってしまう。そんなことを言っていた。

自分を取り戻す——被写体になってもいいという決断は、そのきっかけを俺に求めたのだろうか。俺に対する愛情が残っているとは考えにくいから、たぶんそうなのだろう。

何でもいい。俺もそうだ。自分を取り戻すためにもう一度明香里を撮る。


気がつけば俺はずいぶん長いこと女性モデルをまともに撮っていなかった。仕事は選べなかったから自分が撮りたいものを撮るような贅沢《ぜいたく》は言っていられなかったからだ。だから今になって明香里を撮ったからといってそれがすぐに仕事に結びつくわけではない。ただ、仕事とは関係なく撮りたかった。それが自分には必要だと思った。

懇意にしているフォトスタジオ近くの喫茶店で明香里と待ち合わせをした。高揚した気分で向かった。

明香里は先に来て待っていた。何もせずただ座っているだけの姿なのに相変わらず美しかった。ただ目もとに疲れが目立つなとは一見して思った。駅前で発見した時のほんのりとした笑顔はどこへ行ってしまったのだろうか。

「またこうして話せるとは思わなかった」

正直にそう言うと、明香里は少し思案してから、

「美智彦さんがわたしを捨てたこと、たぶん今でも許せていないと思う」

あまり感情を込めずに淡々と言った。

「あの時は悪かった。謝ってどうなるもんじゃないが」

「でも、わたしを見つけて磨いてくれたこと、あの努力に嘘はなかった。だから、感謝してる。その気持ちは今でも変わらないの。だから、謝らないで。その代わりもう一度、わたしを見つけて、磨いてほしい。だから電話したの」

俺を見つめる視線に力が籠《こも》っていた。彼女なりに何かに必死になっているんだと感じた。

「やってみるよ。おまえのために、なんて言うつもりはない。俺自身のためにやる」

「それでいいわ。正直でいいと思う」

「契約成立だな」

俺が右手を差し出すと明香里が握り返した。

さっそくスタジオへ行き、有り物の小道具などを使って構図を作り写真を撮った。久しぶりのことで緊張したせいか、明香里の表情も硬かったし俺も調子が出なかった。撮影中の会話も体の動きもぎこちなく、お互い苦笑した。

それからのしばらくは蜜月《みつげつ》だったと言っていいと思う。俺が駆け出しカメラマンで明香里が高校生で、二人が〈沖本明香里〉という商品を一流のアリモにするためのタッグチームで、一回一回のシャッター、一つ一つのポージングが、俺たちを成功へ導くカウントアップのように感じられたあの頃のようだった。

しかし現実はそうではなかった。

再会してほどなく明香里は大学を卒業し社会人になった。生活環境も人間関係も大きく変わった。慣れない状況に戸惑い振り回されるのは仕方のないことだった。

「旅行代理店で、一年目だから支店で現業部門にいるの。土日休みじゃないから大変」

そう言って笑うのだが、疲れは隠せない。以前のような人を惹《ひ》きつけてやまない表情や仕草は見られなくなった。

俺は俺でかつてのような「ゾーン」に入る感覚が甦《よみがえ》ってこないことに焦りを覚えていた。それぐらいは予想していたが実際そうなってみるとやはりしんどかった。日に日に追い詰められていくような気がした。

そして二人の中に、成果が見えないことに時間を費やす徒労感が溜《た》まり始めた。

憂さ晴らしに飲みに行くか、ということがちょくちょく発生した。当時と違って明香里も成人しているし自然な流れだった。二人ともこぼしたい愚痴はいくらでもあった。

そこから体の関係に戻るのは容易だった。

十代の頃の明香里の体は美しくて瑞々《みずみず》しかったが、完成されていない硬さもあった。二十二歳の明香里は成熟した完成品だった。俺のほうもひところ性質のよくない女たちとと っかえひっかえ遊んでいたおかげで、身も蓋《ふた》もない言い方をすればベッドテクニックが格段に進歩していた。

明香里とのセックスは、俺がずっとやらかしてきたような、後腐れのない相手とただ遊ぶつもりの男と自分が満足を得ることだけにご執心で相手を悦《よろこ》ばそうなどとは露《つゆ》ほども考えない女とが営むそれとは、全くの別物だった。明香里はまるで自らの価値を確認するかのように快感を享受《きょうじゅ》し、同時に献身的でもあった。

明香里がどう思っていたかは分からないが、俺は彼女の体から離れられなくなった。

明香里を撮ることで往年の実力を取り戻すことが目的であって、彼女とセックスを含めたつき合いをすることはそのための工程の一つに過ぎなかったはずなのに、いつの間にか彼女とつき合うための方便でカメラを向けているような有様になっていた。むしろ嫌々カメラを構えていることのほうが多くなった。

いま思えば俺の力は明らかに落ちていた。羽振りが良かった時ですら田代に言わせると真の実力ではなく明香里によるメッキ効果だったのに、そこから更に後退していた俺が満足のいく写真を撮れるはずもなかった。

しかし俺は他罰的で、本能的に自分以外のものに責任を被《かぶ》せようとしていた。

「お仕事のほうは、どう？」

時おり明香里は心配そうに尋ねてきた。俺はいつしか小さな仕事をまめに拾って歩く努力も怠るようになっていた。

「どうもこうもない。家賃の支払いにも冷や冷やしてるような有様さ」

難詰するように答えた。明香里には何の責任もないのに、おまえのせいだと言わんばかりの口調だった。内心で咄嗟《とっさ》に反省はしたが、そんな言い方をしてしまった自分が嫌で、それを誤魔化すために更に嵩《かさ》にかかって言い募《つの》った。

「メモリカード買うのにも汲々としてるってのは惨《みじ》めなもんだ。金にならない写真ばっかり撮ってるのにな」

「そんなに……ごめんなさい」

次に会った時、明香里はメモリカードを買って持ってきてくれた。ますます惨めになった。蟻の穴から堤が崩れるとか割れ窓理論とかよく言うが俺もそうだった。一枚のメモリカードが手始めになってどんどん自堕落になっていった。

「メモリだけあったってどうにもならないよ。それで飯が食えるわけでもないし」

画像処理に使っているパソコンが壊れた。ちょうど手元にまとまった金がなく修理も買い替えもできなかった。

明香里が買ってくれた。社会人一年目で大した給料の額でもなかったろうに、俺はそれを当然の権利であるかのように受け取った。

しまいには飲み代やホテル代まで明香里に甘えるようになっていた。惨めな思いだったが自分の惨めさを認めるのが苦痛だった。だから今の状態は何も不自然ではないのだと思い込もうとした。

どうして明香里が俺を見限らなかったのかは分からない。共依存というやつだったのかも知れない。その依存関係は互いを疲弊《ひへい》させていった。疲弊するだけならまだしもその疲弊そのものが一種の快感になりつつあった。

先に限界に達したのは意外にも明香里ではなく俺のほうだった。自分が好きな女がこれ以上疲れていくのを見続けることが出来なかった。

別れ話をしたのは何度か使ったフォトスタジオだった。その日はスタジオに入ったものの一枚の写真も撮ることなく、俺も明香里もスツールに腰かけてぼんやりと座っていた。

「何のために一緒にいるのか分からなくなってきた」

自分のことを棚に上げて俺は言った。

「わたしを材料にして写真の勘と腕を取り戻すためでしょう?」

明香里は正論を返してきた。

「もう無理さ。分かってるだろう? 鏡を見てみろよ。今のおまえがどんな顔してるか。はっきり言って、やつれてるんだよ」

——俺のせいで。

「ときどき目の下に隈《くま》ができてるほどだ。どうかしたのか?」

明香里は悪戯《いたずら》を見つかった子どものようにバツの悪そうな顔をした。

「最近、ちょっと眠れなくて……」

「病院行って眠剤でももらって来たらいいじゃないか」

「そうね……そうする」

明香里は力なく頷いた。

「今の明香里なら、俺は撮れない。撮りたくない」

俺は宣言した。明香里は驚いたように目を見開いた。

「それは……どういう意味？」

「言ったとおりの意味だ」

「撮らない美智彦さんなんて、美智彦さんじゃない」

いつかも聞いた台詞だったが俺の胸には響かなかった。

「撮れない明香里も、明香里じゃないよ」

明香里の顔色がサッと褪《あ》せるのがはっきりと見えた。ああ今のひと言で完全に終わったなと思った。一瞬だけ「もうこの女を抱けなくなるんだな」という思考が頭の中を過《よ》ぎって、その下品な思考を自分で嫌悪するだけの冷静さは辛うじて残っていた。

「俺は他の仕事を探す。もうカメラは辞めだ。だからおまえともお別れだ」

「それで……いいの？　本当に？」

「いい」

無言で見つめ合った。ロマンチックな場面でも何でもなかった。単に最後の挨拶が思いつかずに時間を稼いでいただけだ。

やがて何となく目で合図をして、俺たちは無言のまま腰を上げた。

スタジオを出たところで向かい合って立ち、ようやく明香里が口を開いた。

「また撮る気になったら連絡してくるの？」

「なったらな。もうならないと思う。おまえも何か他に拠りどころを見つけてくれ」

「見つかればいいけど」

乾ききった無表情な顔。俺が最後に見た明香里の顔だった。

＊　＊　＊

「――それが去年の四月ぐらいだ」

俺は話し終えて大きく息をついた。相当くたびれていた。

「ありがとうございます。言いにくいこともたくさん言わせちゃって、ごめんなさい」

穂乃花がぴょこんと頭を下げた。

「いいんだ。君こそ、聞きたくもない話ばかりだっただろう」

「ううん、また少し、本当の姉に近づけた気がします。意外と奔放《ほんぽう》なところがあったんだなって、むしろ親近感が湧きました」

「それなら良かった」

「でも、カメラ、ほんとに辞めちゃったんですか？」

テーブルの上でどっしりと存在感を放っている俺のカメラに目をやる。

「結局、辞められなかった。今は他の日銭仕事をしながら、風景写真を撮ってる。もちろん商売にはならないが、面白さが分かってきた。やっぱり、俺は写真が好きなんだ」

「つい最近、姉にメッセ送ってくれてましたよね？」

「ああ」

「もう一度、姉を撮りたくて？」

――また撮る気になったら連絡してくるの？

明香里の言葉が頭の中に残っている。けれど俺は撮りたくて連絡したのじゃなかった。俺にいい写真を撮らせる。それがあの時の彼女の拠りどころだった。カメラを辞めるという俺の宣言はそれを奪う行為だった。

でも俺は辞められなかった。今さらだが杉森慎三に詫《わ》びを入れ〈ダブルS〉に復帰させてもらった。杉森は今の俺のポートフォリオを見て顔を顰《しか》めながら「君は女より風景を切り取るほうが向いているな」と言った。

今の俺の写真を明香里に見てもらいたかった。二人が望んだ形ではないけれど、俺は撮り続けている。それを伝えたかった。

もう二度と伝えることはできない。

「虫のいい話だよな。俺は結局、長いあいだ明香里の人生を翻弄《ほんろう》しただけだ。そうして自分は遠回りした挙句にしゃあしゃあと再出発の位置についた。でも明香里は自ら命を絶ってしまった。俺は彼女を食い物にして生き延びたんだ」

思った通りのことを口にした。穂乃花に対する懺悔《ざんげ》のつもりだった。

「もしそう思うなら、巴さん、姉が望んだとおり、カメラ、続けてください。どこかで姉が見てると思って、続けてください。姉のためにも、巴さん自身のためにも」

穂乃花はきっぱりと言った。

「俺はてっきり、君は俺を非難するために呼び出したんだと思ってたよ。励まされるとは思わなかった。普通なら俺のほうが君を励まさなきゃいけないところなのにな」

「大丈夫です。これでも打たれ強いほうですから」

両腕で小さなガッツポーズを作ってみせた。可愛らしい子だ。この子が姉の明香里と二人で並んでいる場面を想像してみた。いい絵だった。俺が明香里と出会わなければ、その絵は今でも継続していただろうに。

「明香里をアリモになんてしなけりゃよかった」

ため息をついた。穂乃花は首を横に振った。

「そんなこと、ないです。だって一度は大成功したんだもん」

「俺は自分がのし上がりたい一心で明香里に挑戦させた。確かにあの時は勝負に勝ったが、結局は……」

「勝負したんなら、いいじゃないですか」

語気が強くなった。

「巴さんより年下のあたしが言うのもヘンだけど、人生、勝負しなきゃいけない時って、ありますよ。勝ったり負けたり、勝ってもあとあとうまく行かなかったり、いろいろありますよ」

「妙に達観《たっかん》したことを言うんだな」

俺は思わず笑いを漏らした。姉の死を間近に見たことがこの子を強くしたのだろう。

「あたしだって、自分の人生で一か八かの賭《か》けにチャレンジしたこと、あります。勝ち負けはまだ決まんないけど」

つん、と顔を軽く上へ向ける。この愛らしい娘のチャレンジとは何だろうと少しだけ考えた。やっぱり恋愛か何かだろうか。

「勝てるように祈っておくよ」

「あ。お願いします。ぜひ」

にっこりと笑う。今日見せた中で一番の笑顔だった。撮りたい、という気持ちが一瞬だけ疼《うず》いて消えた。

「今日はほんとうにありがとうございました」

穂乃花は真っ直ぐ座りなおすと深々と頭を下げた。気がつけばコーヒー一杯でもう二時間半も過ごしていた。

「俺のほうこそ」

同時に席を立った。俺は穂乃花を先に店の外へ出し、レジで支払いをした。経費にはしてもらえない可能性が高いが念のため領収書を書いてもらった。

外へ出た。風が冷たかった。

「もう会うこともないだろうけど、今日は会えてよかった」

俺が言うと、

「分かりませんよ。がんばって、写真集出したり個展開いたりしてください。そしたらあたし、『この人が不遇のころから知ってて応援してたんだぞー』って周りに自慢しちゃいますから」

「期待しないで待っててくれ」

「はい！　それじゃ」

もう一度頭を下げて、ちょっと手など振りながら穂乃花はE駅のほうへ歩いて行った。

俺は首から提《さ》げた愛機を手で抱いて見送った。手の中に明香里がいるような気がした。

第三章　典宮航星

1

バーコードリーダーの調子が悪くて、なかなか読み込めずにいると、客が「とっととやれよ、低能」と怒鳴ってきた。

「お待たせして申し訳ありません」

ぼくじゃなくて機械が悪いのに、なんでぼくが謝らなきゃいけないんだ。でも、そういう決まりだからしかたがない。

ぴかぴかの金髪。耳たぶには山盛りのピアス。着ている服装もだらしないったらない。ぼくと同い年ぐらいかちょっと年下に見えるけど、どうせ高校も行かずにフラフラしてるんだろう。同じようにだらしない格好の女の子が横にいて、男の腕に抱きついているから、たぶん彼女なんだろう。くちゃくちゃと品の悪い音を立ててガムを嚙《か》んでいる。

もう一度、商品をリーダーにかざす。読まない。もう一度。商品が手につかない。今日のバイトが終わった後のことをついつい考えてしまって、集中できない。

ピッ。やっと読んでくれた。

「おっそいな」

男が舌打ちをする。こんなやつ、いくら待たせても良心は痛まないけど、後ろに並んでる若くてきれいな女性客を待たせてしまってるのは、申し訳なく思った。

「八百八十五円です」

ぼくが金額を言うと、男はぶすっとした顔でICカードを読み取り機にかざした。商品をレジ袋に入れて手渡すと、男は乱暴にひったくった。

「ありがとうございました」

決まりだから、いちおう、頭を下げた。腕を組んだまま店を出ていく時に、女のほうが、「あのバイト、マジでトロくさいよねー。ああいうの、陰キャっての?」と笑った。

瞬間、頭に血が上った――でも、すぐに引いた。否定できない。確かに、学力とかの社会的な基準で言ったら、ぼくのほうが絶対に格上だと思う。でも、抜け殻みたいな今のぼくと比べたら、あいつらのほうが、よっぽど充実した毎日を送ってるのかも知れない。

だめだだめだ。今日はいつもより二時間も早上がりさせてもらうんだから、きちんと務めないと。あと十五分、仕事に集中だ。

金髪野郎の後ろに並んでいた女性客が、ぼくの前に立った。

「いらっしゃいませ！　お待たせしました」

ぼくが元気よく言うと、その人は、紅茶のペットボトルひとつだけ入れた買い物かごをカウンターに乗せた。それから、ぼくの胸もとをきゅっと見つめた。

「典宮《のりみや》……航星《こうせい》、くん？」

名札は苗字だけなのに、なぜ下の名前が分かったんだろう。そう思う間もなく、

「おといメールした沖本《おきもと》です。初めまして」

え、あっ、とパニックになってしまった。今日、バイトが終わってから会う約束になっている、沖本穂乃花《ほのか》さん――明香里《あかり》さんの、妹さん。明香里さんが亡くなったことをぼくに知らせてくれた人。

「ちょっと早く着いたから、先に顔、見れるかなって思って」

ぼくはわけもなく狼狽《ろうばい》して、「あ、ありがとうございます」と口走った。

とにかく、レジだ。ペットボトルをリーダーにかざす。読まない。もう一度。ピッ。

「袋は、いいです。そのままください」

穂乃花さんが言うので、ぼくは「ご協力ありがとうございます」と商品を手渡した。

「じゃ、後でね。がんばって」

そう言うと、軽やかな足どりでレジ前から立ち去り、店を出て行った。ぼくはあんぐり

と口を開けて見送った。次のお客さんが「早くしてよ」と怒鳴った。「お待たせしてすみません」と早口で謝って、買い物かごを受け取った。

——がんばって。

初めて会った日、明香里さんもぼくにそう言ってくれたことを思い出した。

もうあの人がこの世にいないなんて。

涙が出そうなのをこらえて、商品をリーダーにかざした。ピッ、と冷たい音が鳴った。

＊＊＊＊

コンビニエンスストア〈ハイマート〉G駅西店は、名前のとおりG駅から西へ徒歩三分。

ここでバイトを始めたのは、去年の七月。高校が夏休みに入るのと同時だった。

ぼくたち三年生は、いよいよ大学受験に本腰を入れる時期だから、本来ならバイトなんてやってる場合じゃない。っていうか、ぼくの高校はそもそも、アルバイトは校則で禁止されている。それでも始めたのには大きな理由がある、と言いたいところだけど、実のところ、特に目的意識はなかった。

ぼくが通ってるのは、中高一貫の男子校。大学受験に強いことで有名だ。一学年は三百二十人で、そのうち二百四十人が中学からの持ち上がり、八十人が高校からの編入学で、ぼくは後者。で、成績の順位は、ぎりぎり四分の一ぐらいだ。もちろん、下から数えて。

　中学の成績はそこそこ良かったから、高校受験で頑張ってみた。親がうるさかった。いい大学に入るために、いい高校へ入れ。しつこく言われて、その気になったんだ。

　みごと合格できたから、高校に入ってしばらくは頑張って勉強した。ただ、他の連中がすご過ぎた。とても勝ち目がなかった。勝ち目がないことが分かると、やる気がなくなる。やる気がなくなると、成績が下がる。以下、スパイラル。

けど、偏差値で言えば、普通の高校なら、上から四分の一以上には入ってるはずなんだ。もっと言えば、普通以下の底辺レベルの高校なんて、世の中にいくらでもある。

「そういうのと比べたら、ボクたち、むしろ上位ですよねえ」

河合《かわい》立太が言う。正しくは「リュウタ」だけど、たいてい「リッタ」って呼ばれてる。かなりの巨漢で、キャッチフレーズ（？）は「リッター八十五キロの超低燃費」。

「死んだおれの爺《じい》さん、いいこと言ったぜ。『上見て暮らすな、下見て暮らせ』ってさ」

　これは木内蔵人《きうちくろうど》。日本史に出てくる令外官《りょうげのかん》と同じ字だけど、本人は外国語ふうに「クロード」のつもり。似合わないアンダーリムの眼鏡かけて、なに気取ってんだか。

　この二人が、ぼくのいちばん親しい友人だ。成績は似たり寄ったりで、放課後にファストフードの店とかコンビニのイートインとかに寄って、駄弁って帰るのが日課だった。

「クロード氏の御祖父どののおっしゃる通り。いざとなったら、フツーの高校に転校すりゃOKですよ。並みの高校なら、ボクたちでも優等生で通用します」

丸い頰《ほお》をさらに膨らませてリッタが言い、ぼくも「ホントホント」と力強く同意した。

「だよなあ。まさに、『鶏口牛後《けいこうぎゅうご》』ってやつだよな」

クロードが両手の二本指を頭の左右でくいっと折り曲げてみせた。こいつ絶対、わざとやってる。

「親がガミガミ言いさえしなければ無問題なのにねえ」

リッタがため息をつく。クロードは、

「親のことなら、コーセイがいちばん苦労してるよな。兄貴っていう、悪い意味で良い見本がいるもんな。夏休みどうすんの。予備校の夏期講習とか行かされんのか?」

「いや、バイトしようかと思ってるんだ」

「バイトぉ?」

二人の声がハモった。リッタがテノール、クロードがバリトン。リッタが後を引き取る。

「それはまた、どういう風の吹き回しで?」

「ふっふっふ。自分を変えてみたくてさ。社会勉強も勉強のうちだろ」

「親は何にも言わないのかよ」

「たぶんね。最近、ぼくにあんまり関心ないし」

「ははあ。コーセイ氏の親はとうとう諦《あきら》めましたか。ま、それもよし、ですな」リッタがうんうんと頷《うなず》く。「それより、学校にバレないように留意なされよ」

「分かってる」

「バイト代が入ったら、おごれよ。三人でパーッと騒ごうぜ」

「考えとくよ」

気の合う仲間。まさに同病相哀れむって感じで、こいつらといると安心感がある。けど、二人と別れての帰り道で、ぼくはいつもぼんやり考える。

これから、どうしたらいいのかな。

ぼくは、普通以下の高校のやつらを見下してる。ぼくがそっちへ行けば、おまえらよりよっぽど上なんだ。おまえらは、真剣に勉強もしないで、推薦だのOAだので適当な大学にホイホイと進路を決めていく。安直な人生だ。そんなふうに思ってる。

でも彼らは彼らなりに、自分の力量をわきまえて、地に足がついた生き方をしてるんだろう。それに引き替えぼくは、自分の中のモヤモヤに向き合おうとせず、戦って負けるよりは不戦敗を選ぶことで、つまらないプライドを真綿で保護して、とりあえずその日その日を見送ってるだけだ。

リッタもクロードも、本音ではどう思ってるんだろう。思い切って鶏口になるのか、牛後を恥じて這《は》い上がる努力をするのか。もう決めなくちゃいけない時期なのに。

斜《しゃ》に構えてないで、ちゃんと考えようよ。自分の人生だよ――そんな言葉がこみ上げてくるけど、二人といると、「なにマジになってんの」とか言われそうで、口に出せない。食べる。

今日もモヤモヤしたまま、家に帰る。両親と夕食を食べる。大した会話もせずに黙々と食べる。夜遅くなって、兄貴が帰ってくる。一流大学を卒業して、一部上場の大企業に就職した兄貴。鬱陶《うっとう》しいこと、この上ない。こいつのせいで、いつも引け目を感じてしまう。ぼくが高校に入って成績が振るわなかった当初は、「お兄ちゃんを見習いなさい」といつも言われたけど、最近は言われなくなった。ぼくのことなんて、もうどうでもよくなったんだろう。「夏休み、バイトしようかなって思ってるんだけど」と言っても、「ほどほどにしなさいよ」と毒にも薬にもならない注意をされて、おしまいだった。

リッタとクロードには「自分を変えたくて」なんてカッコいいこと言ったけど、バイトをしようと思ったことに、特に理由なんてない。でも、強いて説明するとしたら、やっぱりつまらないプライドを守ろうとしてるんだろうと思う。

ぼくみたいな進学校の生徒が、コンビニでバイトするなんて普通はありえない。あえてそれを実際に経験することで、「自分は優れてる、まだまだ這い上がれる」と自分を慰めたいだけなんだ。

平日週三回と土日のどちらか一回、午後四時から八時までの四時間、時給千五十円。単純計算で、一か月働いたら六万円以上になる。ぼくには最低でもその金額の価値があるってことかな。高いのか安いのか分からないけど。

そんなわけで、夏休みと同時に〈ハイマート〉G駅西店でのバイト生活がはじまった。

でも、働くってことは、事前に考えてたよりずっと大変だった。

何が大変って、作業の種類がものすごく多い。ぼくは単に、商品を仕入れて、並べて、レジを打って、お客さんに渡す、それだけの仕事だと思ってた。いや、それだけと言えばそれだけなんだけど、それだけではすまなかった。

まず、商品の種類が目もくらむほどの数だ。それぞれが商品棚にいくつあってバックヤードの在庫がどれだけあって、曜日や時間帯別の傾向を調べて、次に発注する量を決めて、入荷したら検品して、また商品棚に出す。レジはレジで、普通の商品とか、公共料金とか、宅配便とか、チケットの払い込みとか、それぞれ操作がぜんぜん違う。

正直、コンビニの仕事ぐらい楽勝だと思ってた。最初の説明で、作業の種類がたくさんあるって聞かされても、すぐ覚えられるって思ってた。でも、現実はそうじゃなかった。

学校で勉強するのと、仕事を覚えるのとは、まったく別のことだった。

店で働いているのは、オーナーである店長とその奥さんを含めて、全部で十七人。リーダー格の三十代の男の人、店長の奥さんと同い年ぐらいでやけに親切なパートのおばさんは、すぐに覚えたけど、あとはシフトがバラバラなのでなかなか覚えられない。

苦手なのは、ぼくと同じ、若いバイトの店員。新人をいびるのを楽しみにしてる輩《やから》が何人かいた。自分たちだって、いっぱい失敗をして覚えてきたんだろうに、ぼくがちょっとミスをすると、鬼の首でも取ったみたいにバカにしてくる。悔しいけど、言い返せない。

仕事してて気づいたんだけど、ぼくはいろんなことにおいて要領が悪いんだと思う。決められたことを決められたとおりにきちんとやるのは得意だけど、応用がきかない。だから、コンビニの仕事みたいに、たくさんの作業を同時並行でやったり、優先順位をつけたり、分担したり、そういうことになると、ものすごく能率が落ちる。

学校の成績が上がらないのも、原因はそれなのかも知れない。丸暗記は得意だけど、それだけじゃ難しい問題を解くことはできないから。

なけなしのプライドを守るためにバイトを始めたはずだったのに、実際に始めてみたら、むしろプライドがますます傷ついてしまった。でも、始めた以上は、そんなに簡単に投げ出すことはできない。それぐらいの責任感は、ぼくにだってある。

そんなある日、バイトを始めて十日ぐらい経った頃《ころ》だったと思う。

夜六時半ごろ、ぼくは陳列棚の整理をやっていた。いったん手にとった商品を元の場所に戻さない客は珍しくなくて、そういうのをきちんと元に戻すのも仕事のひとつだ。

ガムやキャンディやタブレット菓子の棚のところに、会社帰りっぽい若い女性のお客さんが立ってた。横顔がすごくきれいな人で、ぼくはその隣の棚をいじってたんだけど、「この人の顔を正面から見たい」って真剣に思った。

レジのほうを見て状況を確認した。並んでいるお客さんはいないからレジは無人で、一緒にシフトに入ってるパートのおばさんもレジの脇《わき》で伝票を整理してる。今のうちにさり気なくレジに立っておけば、この人を担当できるかな？　いや、レジは二か所あるから、他のお客さんが先に会計に来たら、ぼくがそれを担当しなくちゃならない。それと同時にこの人が会計に来たら、伝票いじってるおばさんが担当してしまう。

とっくに整理する必要がなくなった棚をあれこれいじりながら、そんなことを思案してたら、その人はタブレット菓子をサッと手に取って、滑るような足どりでスッとレジへ向かった。その動きにおばさんが気づいて顔を上げてしまったら、万事休すだ。

大急ぎで後を追ったけど、あんまり慌てたので、カウンターの端に思いっきり体をぶつけてしまった。ものすごい音がした。

「っ！」

とんでもなく痛くて、瞬間、声も出なかった。おばさんが顔を上げ、お客さんの動きに気づいてレジに立とうとしているのが見えた。ぼくは決死の思いで叫んだ。

「いらっしゃいませっ！」

ほとんど転がり込むようにレジに立った。お客さんは驚いた顔をした。驚いた顔もきれいだった。

「お預かりしますっ」

眼が血走ってたと思う。お客さんはくすっと笑って、「お願い」とライムミントのタブレットをひとつ、カウンターの上に置いた。笑った顔もきれいだった。ぼくは緊張して、バーコードを読む時と、レジ袋に入れる時と、商品を二回も取り落としてしまった。

「すみませんっ」

失敗するたびに、他の店員に怒られ、客に怒鳴られ、そういうのにすっかり体が順応していたので、めちゃくちゃ恐縮して謝った。

「新人さん？」

ふいに質問された。「あ、はい」と間抜けな声で答えた。

「がんばって」

そう言うと、レジ袋を受け取り、やっぱり滑るような足どりで店を出て行った。

ぼくは、恋に落ちた。

2

「受付で、カップルだって思われたかな」

薄暗くて狭い部屋に入るなり、穂乃花さんがぼくをからかった。どぎまぎして返事できなかった。それなのに穂乃花さんは、リモコンを見て「あ、ここ最新機種だ」と感心してみたり、照明を明るくしてみたり暗くしてみたり、ぼくの緊張なんかどこ吹く風だ。

仕事が終わって、予定通り駅前で落ち合って、このカラオケボックスに来た。「晩ごはん、まだでしょ？　ここなら、食べながら誰にもじゃまされずに話ができると思って」と穂乃花さんが提案したからだ。

「座ろ？」

ぼんやり立ってたら、そう促された。向かい合って座ると、さらに緊張した。「何食べる？　適当に頼んじゃっていい？」と言われたので、「お任せします」と答えた。

さっき初めて会ったばかりなのに、なんでこんなにフレンドリーなんだろう。一緒に住んでた実のお姉さんが自殺して、しかも自分がその第一発見者になってしまって、それからまだ一か月も経《た》ってない。普通なら、こんなに明るくなんて振る舞えないと思う。

きっと、ぼくを気遣って、無理をしてくれてるんだろう。申し訳なく思った。

お姉さんに自殺の動機があったなら、知りたい。だから、自分の知らないお姉さんのことを聞かせてほしい。どんなことでもいいから——それが穂乃花さんの依頼だった。

去年の十二月、明香里さんがぼくの前から姿を消したのは、単にぼくが嫌われたからだと思っていた。あんなに優しかったのに、どうしていきなり冷たく無視をするんだろう。ひどいじゃないか。そんな風に、明香里さんのことを恨みに思ってた。

ぼくは愚かだった。まさか、自殺してただなんて。

そうとは知らずに、ぼくは明香里さんのことを恨みに思ってたんだ。

ぼくのことなんか嫌いでもいいから、生きててほしかった……。

店員が入ってきて、何かセットメニューみたいな料理と、ジンジャエールとウーロン茶を置いて行った。

店員が出て行くと、穂乃花さんはちょっと座りなおして、ぼくを正面からじっと見た。

「受験シーズン本番なのに、時間取らせて、ゴメンね」

打って変わって、真剣な表情だ。さっきまでとは違った意味で緊張した。

「いいんです。受験なんて、もうどうでも」

「そんなこと、言っちゃダメだよ」少しだけ笑った。「あたしのお姉ちゃんとは、あのお店で知り合ったんだよね」

「はい」

「それからのこと、聞かせてくれる？　なるべく詳しく聞きたい」

「すごく言いにくいこととか、言っちゃいけないかも知れないこととか、あるんです……」

「それも全部。お願い。どうしても、知らなくちゃいけないの。お姉ちゃんが悩んでいたこと、苦しんでいたこと。だいじょうぶ、君を責めるようなことはしない。あれが、お姉ちゃんが自分で選んだ道だったんだとしたら。でもね、あたし、あんなことになる前に、自分がほんとうはどうすべきだったのか、知りたいんだ」

穂乃花さんは一気に言い終えると、顔の前で両手を合わせて、拝みこんだ。

こんなに真剣に頼まれたら、ぼく自身のプライドとか、カッコいいとか悪いとか、そんなの、もう気にしてる場合じゃない。

「わかりました……」

明香里さんとのこと、全部この人に話そう。大丈夫、記憶力だけは自信があるから。

＊　＊　＊　＊

明香里さん――という名前を教えてもらったのは、ずっと後のことで、それまでぼくは心の中で、「ミントさん」と呼んでた――と初めて会った日は、それからさんざんだった。頭がぼーっとしてて、上の空で、ふだん以上に失敗を連発してしまった。

――がんばって。

たったひと言なのに、ぼくはものすごく嬉《うれ》しくて、心強く感じた。そして、そのひと言をくれた人に、心を奪われてしまった。

家に帰ってすぐ、リッタとクロードにメッセしようと思った。

《今日、すげー美人が店に来た！　バイトしててよかった！》

って書いたけど、やっぱり送らずにそのまま消した。何となく、気軽に情報共有しちゃいけないような直感があったから。

この時の不思議な気持ちを、ぼくは今もって言葉にすることができない。小学校の頃、すごく女の子を好きになったことが、今までに皆無だったわけじゃない。いつの間にか気になってきて、授業中もいがみ合ってて仲が悪かったクラスの女の子が、中学で同じ班だった英語ぺらぺらの女子生徒休み時間もその子のことばかり見てたとか、中学で同じ班だった英語ぺらぺらの女子生徒がカッコよく見えて、憧《あこが》れてたとか。

でも、ミントさんへの思いは、まったく別物だった。

レジカウンター越しに、客と店員としての会話を交わしただけの人。でも、ぼくにとっては百万言にも勝る、あのひと言——がんばって。たったひと言なのに、ぼくの心を摑《つか》んで放さない。どこの誰かも分からないのに。あんなに年上の人なのに。

また会えるだろうか。

見た感じ、会社勤めみたいだった。ということは、通勤コース上にうちの店があるってことだろうか。だったら、これからもチャンスはある。でも、外出先でたまたま立ち寄っただけなのかも知れない。もしそうなら、あれっきりってことになる。

「あの……」

パートのおばさんに話しかける。

「なんだい？」

「一昨日の夜、ぼく、急いでてカウンターに思いっきりぶつかったじゃないですか」

「ああ、そうだっけ。けがはなかった？」

「だ、大丈夫です」

さり気なさを繕《つくろ》おうとして、緊張のあまり噛んでしまった。

「あの時、レジをしたお客さんをびっくりさせちゃったかな、って」

「笑ってたみたいだから、気にしなくていいんじゃない？」

「だったらいいんですけど」

もう背中は汗びっしょりだ。

「あの時の人って、よく来る人、ですか？」

おばさんはぼくの顔をしげしげと見る。質問の意図を悟られたかな？

「さあ？　アタシは初めて見たと思うけどね」

よかった、悟られてなかったみたいだ。でも、あまり有難くない情報だった。しょっちゅう立ち寄ってるなら、おばさんも覚えてるだろう。そうじゃないということは……。

落胆してたから、二日後の夜六時半、再びミントさんが店に来た時、レジに立っていたぼくは嬉しくて叫び声を上げそうになった。っていうか、実際に叫び声を上げた。

「いらっしゃいませっ！」

店員として当然の行為。ただ、ある特定のお客さんの注目を引くために大声で叫んだ、ってだけで。

ぼくの思惑《おもわく》どおり、ミントさんはこっちを見た。あ、と口がちいさく開いて、目も少しだけ見開いて、それから口もとがほころんだように見えた。

もしかして、覚えててもらえた？

反射的に会釈をすると、ミントさんも会釈を返してきた。

間違いない！

天にも昇る気持ちっていうのは、こういう時のことかと実感した。

ミントさんが店内で商品を見てる間、ぼくの脳みそは忙しくフル回転した。

四日前と今日、二度の来店ということは、たぶん前回も、たまたま立ち寄ったわけじゃない。繰り返しこのあたりを通ってるんだろう。来店時刻も前回と同じだから、決まった生活パターンになってるはず。つまり、これからも来てくれる可能性が高い。

なんて考えながらニヤケ顔で油断してたら、ミントさんがレジ前に立った。

だらしないニヤケ顔、たぶん目撃された。

慌ててマジ顔を取り繕って「お預かりします」と言った。出された商品は、やっぱりライムミントのタブレット。前回と同じ商品だったおかげで、落ち着いて会計ができたし、ミントさんの顔を失礼じゃない程度にじっくり見るだけの余裕も持てた。

きれいなんだけど、「憂《うれ》いを帯びた表情」っていうんだろうか、そんな風に感じた。でも、鬱陶《うっとう》しそうな表情というわけじゃなくて、不思議なバランスが保たれた微笑《ほほえ》みで――

ああ、貧弱な語彙力《ごいりょく》が情けない。現代国語、もっと真剣に勉強しとくんだった。

でも、やっぱり社会人だから、ぼくには見当もつかないいろんな苦労があるんだろうな、って、これはヘンな色気じゃなくて心の底から思った。

「まいど、ご利用ありがとうございます」

だから、つい丁寧な言い方になった。我ながら、気持ちのこもった口調だった。すると

ミントさんは、ほんの小さな、絶対にぼくにしか聞こえないぐらいの声で、

「もう、慣れた？」

初めて会った時、ぼくが新人だと見ぬいて、励ましてくれたんだった――がんばって。

「はいっ」

ぼくも小さな、でも確実にミントさんに聞こえるぐらいの声で答えた。

「わたしも」

ミントさんはそう言って、ちょっぴりさびしそうに笑った。

わたしも？　どういう意味だろう？

瞬間ぼくは、その疑問に思考を奪われた。その隙《すき》にミントさんは、レジから離れて店を

出て行った。ふんわりと甘い匂《にお》いを残して。

あっ、と思ったけど、大丈夫また会える、と自分を勇気づけて、疑問を考える作業に戻った。

わたしも、って何なんだろう。今の会話の流れなら、「わたしも、慣れた」という意味に受け取るのが自然だ。ミントさんも「新人」、つまり、今年の新入社員ってことかな。だったら、大卒なら二十三歳？ 待て待て、転勤とか転職とかの場合もある。新入社員とは限らない。あの落ち着いた雰囲気は、どっちかっていうと新人さんっぽくはない。

——もっと知りたい。あの人のことを。

四日前と今日、ミントさんは午後六時半ごろに現れた。だから、それぐらいの時間帯に、それぐらいの頻度で、うちの店に来てるんだと思った。でも、ぼくも毎日シフトに入ってるわけじゃない。ぼくが店にいない日にも来てる、ってことはないだろうか。

ぼくがいない間にミントさんがうちの店に来てる。その可能性を考えたら、気が変になりそうになった。人生におけるとてつもない損失のように思えた。

どうしよう。シフトを増やしてもらおうか。ミントさんが会社勤めなら、土日は休みなのかな？ だったら土日のシフトを外してもらって平日を増やしてもらう？ さすがにそこまでは、両親が許してくれないだろう。勉強も一応はしなきゃいけないし。

あ、そうか。平日でシフトが入ってない日は、六時半ごろを狙《ねら》って、バイトとは関係なく店に行ってみればいいんだ。どこか近くの物陰からでも、店の入り口を窺《うかが》ってれば、ミントさんが来るかどうか確かめることができるじゃないか。

素晴らしい思いつきだ。すぐ実行しよう。「ちょっとだけ出かけてくる」と母親に言い残して、バイト先へ向かう。他の店員に見つかったら「何してんの？」ってことになるから、見つからないように気をつけて電柱の陰にひそんでみたり、じっとしてたら不審に思われそうなので歩き回ってみたり。やってることがまるきりストーカーだ。

三十分ぐらいそうしていたけど、ミントさんは現れなかった。毎日来てるわけじゃないのかな。だいたい、店の外でもし会えたとして、ぼくに何ができるだろう。店員と客という間柄だから、言葉を交わせてるだけなのに。

日曜日。いちばんお客さんが少ない日。ただでさえ寂しいのに、あの人が現れないこの店に存在意義なんて、ない。淡々と午後八時まで働く。シフトが終わって、バックヤードでエプロンを脱いで、お疲れさまですって誰にともなく言い置いて、店を出る。

店を出たら、ミントさんとすれ違った。

えっ、と思った。今日は平日じゃないし、時間も遅いし、でもいつものように仕事帰りみたいな雰囲気のミントさん。ぼくの推理は外れてたってことだろうか。

ミントさんは、ぼくには気づかず、そのまま店に入っていってしまった。

どうする？

考えてるうちに再び自動ドアが開いて、ミントさんが店から出てきた。

何か言わなきゃ。何か。

戦って負けるよりは不戦敗を選ぶ、なんてことをいつまで続けるつもりなんだ？

「あ、あの」

入店の時と同様、ぼくに気づかずに立ち去ろうとしていたミントさんは、ぼくの声に振り向いて足をとめて、「あ」とかすかな声を漏らした。

「あ、あのっ」

息が詰まる。何か言わなきゃ。いらっしゃいませ。こんばんは。いつもありがとうございます。今日もお仕事ですか。毎日暑いですね。あの、えっと。何か言わなきゃ。

「す、好きです」

ぼくの発言に、ミントさんは目をぱちくりさせた。二度、三度。

気まずい沈黙。

「す、すいません！」

額が膝《ひざ》に激突するほどの角度と勢いで上半身を折り曲げ、その場を逃げ出した。

とんでもないことを言ってしまった。気持ち悪がられたに違いない。

「待って」

待てと言われて素直に待つほどぼくはバカじゃない——え？

足を止めて振り返った。ずいぶん逃げ出したつもりだったけど、まだほんの三歩か四歩ぐらいの距離だった。

ミントさんは、まだそこに立ってた。ただ立ってるんじゃなくて、何ていうんだろう、一生懸命立ってるように見えた。立つのに一生懸命も何もないだろうって？　でも、そんな風に見えたんだ。

そして、信じられない言葉が、ぼくの耳に届いた。

「ありがとう」

あっけにとられてぽかんとしているぼくに微笑みかけると、右手をちょっと挙げてから、足早に立ち去った。

全身の力が抜けた。中でもいちばん抜けたのは表情筋で、たぶんこの時、ぼくの顔は炎天下のアイスクリームみたいにどろどろになってたと思う。

――リッタ、クロード、ぼくさ、「自分を変えてみたくてバイトすることにした」なんて口から出まかせ言ったけど、嘘《うそ》から真《まこと》が出たよ！

心の中で、胸が張り裂けそうになるほど力いっぱい叫んでた。

＊　＊　＊　＊

「航星くん、がんばったんだね！」

頭がもげるんじゃないかって心配になるぐらい、穂乃花さんが大きくうんうんと頷いた。

「ぼく、がんばったんでしょうか」

「がんばったよ！　だって、いきなり告《こく》ったんでしょ？　すごい度胸じゃん」

「告ったって言うか……勢いで口走ってしまっただけだったんです」

「でも、ほんとの気持ちだったんでしょ？」

「そんな大それたもんじゃ……」

だって、客と店員として二度ほど言葉を交わしただけの、名前も何も知らない年上の女性に、いきなり告白だなんて、失礼にもほどがあるし、その時は気分が盛り上がって、自分が大きく成長した瞬間だ、なんて自慢に思ってたけど、冷静に思い返せば、我ながら気が変になってたんじゃないかと思う。

「世の中には、一目ぼれって、あるんだよ。ちっともおかしなことじゃないよ」

ぼくのうじうじした内心を見透かすように、穂乃花さんが優しく言ってくれた。

「お互いの立場とか、年とか、そんなの関係なく、会ったとたんに好きになっちゃうことって、あるよ？　ぜんぜん不思議じゃない。気持ちは止められないもん。止められたら、そんなの、恋じゃない」

「そういうもんなんですか？」

なんだか、穂乃花さんがすごく大人《おとな》に見える。

「そうだよ。あたしだって、そんなに経験あるわけじゃないけど、これでも航星くんよりちょっぴり長く生きてるから。それにね」

穂乃花さんは言葉を切った。続きを待ってると、今の今まですごく明るい表情だったのに、急にさびしそうな顔になって、それどころか、目頭を押さえた。

「それに、もし航星くんが、いい加減な気持ちだったんだとしたら、応えたお姉ちゃんがかわいそうだよ。だから、絶対そんなこと言っちゃ、ダメだよ」

胸がずきんと痛んだ。

いい加減な気持ちなんかじゃない。それだけは自信を持って言える。だから明香里さんは応えてくれた。そのことはすごく嬉しい。でも、ぼくがそんな気持ちを持たなけりゃ、あの心優しい人を苦しめるようなことにはならずに済んだ。

明香里さんが死を選んだのは、その苦しさのせいなのかも知れないのに。

3

ミントさんは一日おきぐらいにうちの店に来てくれた。そのたび、カウンター越しに短い会話を交わすようになった。ぼくの告白（?）を、彼女がどう受け取ったのかは分からなかったけど、少なくとも不快や迷惑には思われてないみたいで、ホッとした。

度。会話って言っても、ぼくが何年生なのか聞かれたり、シフトの時間を聞かれたりする程度。ぼくはぼくで、「お仕事、お近くなんですか」とか尋ねたり、ミントさんの顔色があまり良くないときには「だいじょうぶですか？」と聞いたり、そんな感じだった。

八月半ば、夏休みも終盤にさしかかったある日のこと、ぼくがスナック菓子の新商品を棚に並べてると、いつものようにミントさんが店に入ってきた。

「いらっしゃいませ！」

彼女は、ぼくの挨拶《あいさつ》に引き寄せられるように近づいてくると、「今日もがんばってる？」と声をかけてくれた。これぐらいのやり取りは自然にできるようになっていた。

ぼくが「はいっ」と威勢《いせい》よく答えると、彼女はそれには反応せず、ぼくが並べてた商品のパッケージに目を留めて、「わあ、懐かしい」と言った。

「何がですか？」

「それ、復刻版でしょう？　幼稚園の頃、期間限定で売ってたの、覚えてる」

ぼくが棚に並べてたのは、有名メーカーのプレッツェル菓子の「焦がしアーモンド風味」だった。箱に「幻のフレーバーが奇跡の復活！」なんて書いてある。

この人にも幼稚園児の時があったんだ、と当たり前のことになぜか感激しながら、「ひとつ、いかがですか」とお奨《すす》めしてみた。

「そうしようかな。子どもの時、買ってもらえなかったから」

そう言って、パッケージを手に取って、いとおしそうに眺める。

「そうなんですか？」

「父親がうるさくて、こういうお菓子、あまり買ってくれなかったの」

また一つ、この人についての知識が増えた。

「今なら、大人買いができますね」

「そうね」

でも、ミントさんは手に取ったパッケージを棚に戻すと、

「これ作ってるところ、見に行きましょうか」

ぼくのほうを向いて、そう囁《ささや》いた。ぼくは意味が分からなくて、ぽかんと口を開けたま
ま、それでも本能的に「この会話は誰にも聞かせたくない」と思って、周りの様子を窺っ
た。幸いにも、この通路には今、お客さんも他の店員もいない。二人きりだ。

「夏休みでしょう？　明日は、何か予定ある？」

「いえ、あの、特に」

「嫌じゃない？」

「はい、あの、でも」

「それじゃ、決まり。明日の、そうね……朝十時半。そこの駅の改札に来て」

ミントさんは、ぼくの返事を待たずに、その場を離れて店を出て行った。すれ違いざま、

ぼくの耳に、「信じてるから」という囁きを残して。

夢かと思った。どこへ何しに行くのか、さっぱり分からなかったけど、とにかく、店以外の場所で、ミントさんと会うことができる。それだけは間違いなかった。

そして、それだけで充分だった。


次の日、ミントさんとデートをした。デートって言ってしまっていいのか分からないけど、ほかに表現のしようがない。ぼくにとって、生まれて初めてのデートだった。

駅の前で、約束の三十分前から待った。絶対に待たせたくなかった。

通りの向こうから彼女の姿が見えると、すぐにお辞儀をして「おはようございます」と大きな声で挨拶をした。まるで学校の朝礼みたいだ。

「来てくれたんだ」

彼女は小走りに駆け寄ると、嬉しそうに笑って言った。昼間に会うのは初めてだった。

明るい日の光の下で見る彼女は、ふだんよりも潑剌《はつらつ》とした感じで、真っ白な半袖《はんそで》ブラウスと、膝の下ぐらいの丈のやっぱり真っ白なパンツが、目に眩《まぶ》しかった。対するぼくは、憧れの人とのデートだというのに、よれよれのポロシャツとジーンズだった。

「はい！　来ました」

威勢よく返事したのはいいけど、この後どうすればいいのか、何も考えてなかった。

「じゃ、行きましょうか」

「どこへですか？」

「工場」

快速電車に乗った。ぼくとミントさんは隣り合って座り、肩と肩が触れた状態で小一時間を過ごした。

夢みたいな時間だった。

目的の駅に着くまでいろんな話をしたけど、ぼくは不用意なことは言わないように、細心の注意を払った。なんで誘ってくれたんですか、とか、ぼくのことをどう思ってるんですか、とか、そんな本質的なことを口にしたら、この夢が覚めてしまうような気がして。

だから会話は、ミントさんが尋ねてぼくが答える、というパターンが多かった。

親に唆《そそのか》されて今の高校に進んだのを後悔してること。

優秀な兄貴のせいで、自分の家に居場所がないみたいに感じてきたこと。

このままじゃいけないと思ってるけど、踏み出せずにいること。

目的もなく始めたバイトで、自分のダメな点を思い知らされたこと。

店頭で短い会話を交わした経験しかなかったから、最初のうちは緊張してうまく話せなかったけど、ミントさんはぼくの話をじっくりと聞いてくれた。

「お兄さんのこと、嫌い？」

途中でそんな質問をしてきた。

「嫌いじゃないとは思うんです。ほんとに優秀な人だし、ちょっとそれを鼻にかけるところがあるけど、そんなの普通だと思いますし。兄貴は、親にとっては、自慢の息子ですから。でも、比べられたらこっちはつらいですよね」

答えながら、自分の気持ちが整理されていくのを感じた。兄貴のことは嫌いじゃない。兄貴はなんにも悪いことはしてない。嫌いになる理由は、ない。ぼくは、兄貴を嫌おうとしてる自分のことが嫌だったんだろう。

「わたしは、君と逆なの。妹のいる姉の立場」

ミントさんが、たぶん初めて、自分のことを話題にした。

「自分で言うのもなんだけど、わたしも親にとって自慢の娘だったかな。親が厳しかった、って話、したっけ?」

「はい。お父さんが、って」

「そうそう。幼いころは親が怖いから、嫌々ながらでもちゃんと言うこと聞くでしょう。それがね、いつの頃からか、『親の期待を裏切らない』っていうのが存在意義に思えてきて、進んでそういう態度を取るようになってしまったの。そんな自分に気づいて嫌悪するもう一人の自分がいて、自分の中で葛藤《かっとう》になったわ」

遠い目で語る彼女の横顔は、まともに凝視《ぎょうし》しちゃいけないほどきれいだった。言ってる意味の深いところは分からないけど、そんな深い話をされたことが嬉しくて、ふだんリッタやクロードと気の利いた会話をしてるなんて自負してたことが、恥ずかしく思えた。

「妹さんは、いくつ違いなんですか？」

「学年で三つ。妹はね、可愛《かわい》いの。ちっちゃな頃からわたしの真似《まね》ばかりしてね。たぶん、わたしが親からよく褒められてたから真似したかったんだろうけど、わたしは、周りに素直に甘えられるあの子のことが、ちょっと羨《うらや》ましかったかな。君は、どう？」

「親にですか。甘えたことなんて、なかったです」

「女の子と男の子は、また違うのかもね」

あれこれ話している間も、電車は走り、時おり駅に停《ど》まり、人が降りてまた乗ってきて、窓から日の光が射したり陰ったり、車内にはいろいろな変化があったけど、ぼくと彼女の周囲だけ、別の時間が流れてるみたいだった。

電車を降りたら、バスに乗り換えて二十分ほどで目的地に着いた。見上げんばかりの、というか見上げたら首が折れそうなぐらい巨大な、白い壁の建物。菓子メーカーの工場だった。例のプレッツェル菓子を製造しているところを、見学できるんだそうだ。

見学ツアーは一回あたり定員三十人で、夏休み中のためか親子連れが多かったけど、若いカップル風の二人連れもそれなりにいた。

ロビーでコンパニオンの人の説明を聞いてから、先導してもらって工場の中へ入っていく。ビルの三階ぐらいの高さにある広い廊下から、ガラス張りの大きな窓の下を見下ろすと、見たこともないたくさんの種類の大きな機械が設置されていた。太いパイプやコンベアでそれぞれが繋《つな》がってて、コンピュータ制御で自動的に動くんだそうだ。端から順に見ていくと、プレッツェルの材料をこねてペースト状にして、それを細長い麺《めん》みたいに伸ばして、焼き上げてカットして、チョコレートをかけて、袋詰めして箱詰めして段ボール詰めにして、という工程がよく分かるようになってた。

小さな子どもたちは、ほんとうに文字通り目を輝かせて見入ってた。人が手を触れてないのに、数多くの機械が止まることなく互いに連携して勝手に商品を生み出していくのは、子どもたちにとっては魔法を見るような思いなんだろう。

ミントさんも、ちょっぴり童心に帰ってはしゃいでる感じで、赤いパッケージがコンベアの上でてきぱきと直立して梱包《こんぽう》されてくのを、ガラス越しに指差して、「ほらほら、あれ見て」なんて、ぼくがこんな言い方するのもおかしいけど、すごく可愛らしく思えた。

ツアーが終わると、カフェテリアみたいなコーナーに誘導されて、好きな飲み物とお菓子が一品、サービスでついてきた。ミントさんがコーヒーを頼んだので、ぼくもそれに合わせた。初めてコーヒーをブラックのままで飲んでみたけど、すごく苦かった。顔をしかめたら、ミントさんに笑われた。

最後にお土産《みやげ》として、工場で出来たばかりの菓子をもらった。フレーバーを選べたので、ぼくもミントさんも、例の「焦がしアーモンド風味」にした。

帰りの電車でもいろいろ話したけど、なんとか一日、失礼のないように過ごせた安堵感《あんどかん》からか、信じられないことにぼくは途中で居眠りをしてしまった。

どこかの駅に停まった時、はっと目が覚めて、気まずく横を見ると、彼女がぼくの肩にうっすらもたれて、寝息を立てていた。

心臓が破裂するかと思った。というか、破裂しても構わないと思った。

彼女が目を覚ますまで、眠っているふりを続けた。自分が少しだけ大人になれたように感じた。

待ち合わせたG駅に戻ってきたら、夕方の五時半ぐらいだった。改札を出たところで、ミントさんはぼくから少し離れた位置にスッと立ち、会釈をした。

「今日はありがとう」

ぼくが先に言いたかったのに、先に言われてしまった。慌てて「ぼくのほうこそ、ありがとうございました」と答えると、彼女は少しさびしげに、

「君のこと、試したりして、ごめんなさい」

と言った。意味が分からなかった。いや、分かりたくなかった。今日一日、ぼくが慎重に避けてきた「本質的な何か」が、とうとう暴露されるんだ、と怖かった。

「試した……って、何のことですか？」

「今日、誘ったこと。君の都合も聞かずに勝手に決めて、連絡先も教えてなくって。それどころか、名前も明かしてなくて。それでも君が来てくれるか、試したの。もしかしたら、君にはちゃんと彼女がいて、わたしの誘いなんて単に迷惑なだけかも知れなかったのに」

「そんなわけ、ないじゃないですか！」

ぼくは思いっきり否定した。必死だった。

「彼女なんていないし、もしいたら、あんなこと言いません」

ミントさんは頷くと、一歩、ぼくに近寄った。

「そうよね。そうだと思う。君は、嘘をつかない。信じられる人だわ……ありがとう。君が来てくれたことで、わたし、ちょっと前向きに考えてみようかな、って思えた。今日、ひとつ迷ってたことがあるのだけど、君のおかげで決心がついた」

ぼくを評価してくれた前半の言葉が嬉しくて、後半の意味深な言葉は気にならなかった。

「スマホ、ある？」

ミントさんが、バッグから自分のを出しながら聞いた。ぼくはお尻《しり》のポケットに突っこんでたスマホを手に取った。ミントさんは、きれいな人差し指でスマホ側面の認証センサーをするりと撫《な》でた。ぼくも慌てて四桁《よんけた》の数字を入力して、ロックを解除した。

そして、ぼくとミントさんは、メッセージアプリのアカウントを交換した！　ついでにメアドも電番も交換した！

ミントさんはすぐにメッセを送ってくれた。
《沖本明香里です。よろしくね》
こうして、ミントさんは明香里さんになった。

4

「なんか、聞いてるこっちが照れちゃう」

穂乃花さんがはにかんだ顔で言う。そんなこと言われたら、ぼくもニヤけてしまいそうになる——でも、我慢した。だって、明香里さんはもうこの世にいない。得意の記憶力を駆使《くし》して、どんなに思い出を語っても、明香里さんは帰ってこない。

「そっか、航星くん、女の子とつき合ったこと、なかったんだ。初めてのデート、年上の人がリードしてくれて、よかったじゃない？」

でも穂乃花さんは、そのことを気にしてないみたいな、明るい話し方をする。

「他には、どんなデートしたの？」

「割と……普通だったと思います。普通って、ぼくには分からないけど、たぶん。大きな水族館とか、映画観に行ったりとか、夏休みの間、そんなのでした」

「楽しかった？」

「はい、そりゃもう、天にも昇る気持ちでした」

「よかった」

穂乃花さんは、心底嬉しそうに言う。きっと、ぼくの思い出が悲しみを帯びないように、気を遣ってくれてるんだ。

「たくさん、話もしました。ぼくが親に疎《うと》まれてることを話したら、同情してくれて、『子どもにとって、親って、特に母親って、絶対的な存在だから、そんな態度取られたらすごく悲しいわね』って言ってくれたり、似たような立場の友だちといつもつるんでて、そこから抜け出すべきなのかどうか悩んでるって言ったら、『その時はむだに思えても、後から大切なステップだったって思えることもあるじゃない？』って励ましてくれたり……」

ぼくに語ってくれたこと、教えてくれたこと、その一つひとつを今も思い出す。明香里さんは、ぼくにとって、友人で、先輩で、先生で、母親で、そして恋人だった。

じゃあ、ぼくは明香里さんにとって、何だったんだろう？

＊　＊　＊　＊

九月になって、二学期が始まった。

夏休み中だけのつもりだったバイトを、ぼくはまだ続けていた。シフト時間は午後六時から十時までに変更した。明香里さんが来る六時半は外せない。

明香里さんとはSNSで繋がれたけど、ぼくは高校生だし、彼女は社会人で、土日休みの仕事じゃない。彼女と会える場として、店を辞めるわけにはいかなかった。

それに、やっぱりお金が欲しかった。明香里さんは「気にしないで」って言ってくれるけど、いつも全部おごってもらってばかりじゃ、男としてダメだと思った。それに、着る物だって、まともなのが欲しい。せめて明香里さんに恥ずかしくないぐらいには。

学校で久しぶりに会ったら、リッタとクロードの反応が面白かった。

「コーセイ氏、バイトはどうでしたかな」

「おごってくれるのを期待してたのに、夏休み中完全スルーかよ」

「悪い。ちょっと、将来のことを考えて、しっかり残しておこうかな、なんてさ」

「はあ？」

またハモった。クロードが引き取る。

「今からそんな先のこと言ってどうするよ。その前に、大学受験だろうが。センター試験まであと四か月しかないぜ」

「そうだね。クロードはどうするの？」

「どうするって、今さらあくせくしたって変わりゃしないから、テキトーにどっか受けて、

「コーセイ、なに笑ってるんだ？　何かあったのか？」

　リッタも、怪訝《けげん》そうにぼくを見る。リッタも、

「うむ。コーセイ氏、不思議な余裕が感じられる。もしや、夏休み中、猛勉でもした？　実はやっぱり夏期講習行ってたとか」

「バイトに明け暮れてたよ。あとはまあ、いろいろと」

「いろいろって、いったい何なんだよ。気になるだろうが。ってか、バイトまだ続けるって、どういうことだよ。よく親が許可してくれたな」

「ああ、親がどうとか、あんまり些細《ささい》なことで思い悩むの、もういいかなって思ってさ」

「兄上と比べられてアイデンティティの喪失、とか悲嘆してたコーセイ氏と、今のコーセイ氏、同一人物とは思えませんな」

「兄貴。ああ、兄貴ね。うん、ぼくの兄は、優秀な人だよ。学校の成績もトップクラスだったし、今も誰でも知ってる有名企業に勤めてるし、会社でもけっこう評価高いらしいよ。親が自慢するのも当然だし、ぼくがひがんでも仕方ないよ」

　すらすらと述べると、リッタもクロードも目を白黒させる。

「ただ、まあ、兄貴は……」

　言いかけて、危うく踏みとどまった。

「なんだよ、途中でやめんなよ。そういうの、『蛇の生殺し』って言うんだぞ」

両手の二本指くいくいっ。

「ごめん。何でもないんだ」

——兄貴は、ぼくの知る限り、恋人ができたことがない。

親しい女性の友人はいたみたいだけど、正式に交際した相手は、いないはずだった。

もちろん、ぼくと明香里さんの関係がそうだとは言い切れないけど、それでもぼくは兄貴に勝ったと思えた。だから、家に居場所がないとか、アイデンティティがどうとか、ちっとも気にならなくなっていた。

本音では、リッタとクロードにも思いっきり自慢したいけど、軽々しく自慢したくないっていう気持ちも強い。夏休み前には結束の固い同志みたいな存在だった二人が、今はただのガキに見える。ぼくが大人の階段を一歩上ってしまったからなんだろう。

それから間もなくぼくは、その階段を屋上まで駆け上がることになった。


明香里さんの休みは平日が基本で、水曜日が多い。だから水曜は店にいても楽しみがないはずだけど、明香里さんは時おり、水曜にもいつもの時間に来店してくれた。航星くんの顔が見たくて、とか言われたら、思わずバイトも張り切ってしまう。

時には、前の日の夜に《明日、バイト入る前にちょっとお茶でも飲もうか》なんてメッセが来て、そんな日は学校が終わったらすっ飛んで帰って、駅の近くのカフェで会って、少し彼女と喋《しゃべ》ったりする。リッタとクロードが「最近つき合い悪いぞ」とか非難するけど、二人といつものファストフード店にしけこむより、彼女と苦いコーヒー飲んでる方が、三億倍ぐらい楽しいし、有意義だ。

着替える時間ももったいなくて、制服のまま会ったこともある。いつもは外《はず》しっぱなしのシャツの第一ボタンもちゃんと留めたし、だらしなく緩めてるネクタイもきちんと締めた。

「へえ、そんな制服なのね。よく似合ってるわ」

明香里さんはすごく楽しそうにぼくの全身を眺めた。お世辞でも口から出まかせでも、彼女に言われると心底嬉しい。

「男子校なんだっけ？」

「そうです」

「今は彼女いないのね。今まで、いたことは？」

ちょっとからかい気味の言い方。

「一回もないですよ、そんなの」

——恋人って呼べる人は、明香里さんが初めてです。

もうほとんど喉《のど》どころか軟口蓋《なんこうがい》ぐらいまで出かかったけど、必死に堪えた。言えば、今のこの関係すらも壊れてしまうんじゃないか、って思えて、怖かった。

「もてないタイプじゃないと思うのに。背も高いし、清潔感あるし」

「全然でしたよ。今は男子校ですし、モテるもモテないもないです」

「そうか……あまり女の子と接する機会、ないものね」

けど、実は男子校でも彼女がいるヤツはいる。そんなヤツに限って成績もいい。世の中、不公平にできてる。

明香里さんは、テーブルの向こう側から軽く身を乗り出して、小さな声で言った。

「じゃあ、航星くん、女の子とセックスしてみたいと思う？」

ぼくはコーヒーを噴いた。よく、驚いた時の記号的表現で「コーヒー噴いた」って言うけど、本当に噴いた。

「いきなり、なに言うんですか。もう」

からかわれてる。明香里さんがこんな悪ふざけを言う人だとは、意外だった。ぼくとの親しさが増したからだろうけど、さすがにこんなからかわれ方は、ちょっと、傷つく。

「なに、って言葉どおりの意味だけど……女の人のからだに、興味ない？」

「興味って……」

ぐびり、と喉が鳴った。これも記号的表現と思ってたけど、ほんとに鳴るんだ、喉って。

そして、ぼくの脳みそはかつてない速度で計算を開始した。

興味はあるに決まってる。興味ない、なんて言っても信じてもらえるはずがない。じゃあ、正直に、興味ありますって答える？　そんなの、分かっててもはっきり口に出すことだろうか？　自己紹介で「ぼくはスケベです」ってわざわざ言うようなもんだ。

結局、この質問には答えようがない。つまり、詰んでる。

でも、からかいや悪ふざけじゃなくて、真面目《まじめ》に問われているという可能性はないだろうか？　ぼくのことを知ろうとして、真剣に質問しているのだとしたら？

そして、万が一、明香里さんが、その、ぼくの――ダメだ。これ以上想像するのは、あまりにも失礼すぎる。しかも、本人の目の前で。続きは、せめて家に帰って、布団でもかぶってから、やるべきだ。

でも、一度発生した妄想は自動的に拡大する一方で、ぼくは無意識のうちに明香里さんを凝視していた。穴が開くほど。

手触りのよさそうな薄手の半袖セーターの中は、どうなってるんだろう。目を凝らすと、ブラジャーの肩ひもが透けて見える。胸が恰好《かっこう》よく持ち上がっていて、隆起の高さは十センチぐらいだけど、ぼくには遥《はる》かな高みに思える。

視線を下に向かわせると、セーターの輪郭がすんなりと細くなろうとしていて、そのさらに下は薄い紫色のスカートだけど、テーブルの陰でよく見えない。もし見えても、裾《すそ》が広がった形のスカートだから、お尻が膨らんだ位置から先の輪郭は、把握できない。

あの中は、どうなってるんだろう？

女の人の裸は、ネットの画像や動画でいくらでも見慣れてる。なんなら、いわゆる無修正のだって、いくらでも見ることができる。

それなのにぼくの脳は、明香里さんの着ている物の内側に、それらの見慣れたものを当てはめることができない。

どうなってるんだろう？

「……あります」

喉が鳴ってから、発言を再開するまで、実際には二秒もかからなかったと思う。

明香里さんはゆっくりと頷いた。

「そうよね。男の子だものね。いやな質問して、ごめんね」

「いえ……」

嵐《あらし》を乗り切った気分だった。止めてた息を思い切り吐いた。

「明日は、バイトはお休み？」

明香里さんが話題を変えた。ぼくはホッとして、「はい」と普通に返事をした。

「よかった。もし嫌じゃなかったら、今日と同じ時間にここに来て。ただし、制服は厳禁」

彼女はそう言うと、左目で小さくウインクした。

＊　＊　＊　＊

液晶テレビの画面は、リクエストランキングの表示と、アイドルユニットのPR動画とを、延々と繰り返して映し続けてる。別の部屋から、怒鳴り声みたいな歌が聞こえてくるのは、誰かがトイレに行くか店員がオーダーを持ってきたかで、ドアを開けたんだろう。

ぼくも穂乃花さんも、ここまでにドリンクを二度ほど追加オーダーした。持ってきた店員は、まったく歌う気配も歌った形跡もないぼくたちを見て、どう思ったろう。

「そっかぁ。航星くんが迫ったんじゃないんだ。お姉ちゃんから誘ったんだ」

穂乃花さんは、妙に感慨深げに言った。安堵してるのか、落胆してるのか、その両方なのか、ちょっと分からない。

「すいません、やっぱり、こんな話――」

「気にしてないよ。あたしの知ってるお姉ちゃんとはちょっと違うけど、だからこそ必要なんだ、航星くんから聞かせてもらうことが。お姉ちゃんの本当の姿、あたしが知ってたら、違う結果になってたかも知れない。今からやり直せるわけじゃないけど、お姉ちゃんのこと、自分の中で整理をつけたいの。だから航星くん、力を貸して」

「ですけど……」

いいんだろうか。穂乃花さんの願いは、分かる。でもこの人は、自分の知らない明香里さんの話を聞くことで、自分で自分を傷つけようとしてる。そんな風に思えてならない。

ぼくが口ごもったままでいると、穂乃花さんは、

「言いづらい、っていう航星くんの気持ち、分かるよ。夏休みの間だけならともかく、学校始まっても、なんて、受験生の航星くんには、やっぱちょっと、迷惑だったよね」

「迷惑だなんて、そんなわけ、ないです」

「そうかなあ？　男の子だから、そんなチャンス、断るなんてありえないよね。お姉ちゃんきれいだし、航星くんが虜《とりこ》になっちゃうの、目に見えてるじゃない。お姉ちゃん、それぐらい分かってたはずじゃん。ちょっと、ズルいよね」

やっぱり、そうだ。明香里さんのせいで、ぼくが道を踏み外した——穂乃花さんは、そう解釈しようとしてる。明香里さんを責めることで、間接的に自分を責めようとしてる。

そんな風には思ってほしくない。ぼくは穂乃花さんにどう言ってあげたらいいんだろう。

5

あの日のことを思い出すと、映画かテレビドラマか何かを観ているような感覚になる。

自分の身に起きたことなのに、外から見ている第三者のような視点で、一つひとつの場

面が思い出される。ぼくと明香里さんが口にした言葉も、まるで字幕を読むみたいに、一文字も余すことなく、頭の中で克明に再現される。

前の日と同じカフェで、明香里さんが先に来て待っててくれたこと。コーヒーを飲んだけど、緊張して、ひと言も口をきけなかったこと。明香里さんも何も言わずに、ぼくがコーヒーを飲むのをただ見守ってくれたこと。ぼくが飲み終わると、明香里さんがささやくような声で、行きましょうか、って言って立ち上がったこと。手をつないで歩いたこと。

初めて、そういう場所に入ったこと。入り方が分からなくて戸惑うぼくを、明香里さんが優しくエスコートしてくれたこと。

大きなベッドに驚いたこと。その縁に、二人で並んで腰かけたこと。わたしのことを好きだって今も思ってくれてる？　と聞かれたこと。好きです、って答えたこと。わたしも、って言ってくれたこと。

女の人の唇が、とてもやわらかくてあたたかいものだと知ったこと。

明香里さんに頼まれて、目が慣れてきたら何とか見えるぐらいの暗さまで、部屋の照明を落としたこと。操作方法が分からなくて困ったこと。

恥ずかしいから見ないで、って言われたこと。

布団にもぐり込んで、抱き合ったこと。女の人がやわらかくてあたたかいのは、唇だけじゃなくて、からだ全部がそうなんだって知ったこと。ぼくのほうが背も高いし体の横幅もあるのに、全身をまるごとすっぽり包みこまれるような錯覚があったこと。

何度もキスをしたこと。

ちゅ、という音が、唇が触れるときに鳴るのか離れるときに鳴るのか、なんてことを、頭の中で真剣に考えたこと。そうやって必死に気を逸《そ》らしたのに、突き上げてくるものを抑えられなくて、明香里さんのすべすべしたお腹の上を、べったり汚してしまったこと。すいません、と謝ったこと。何に対して謝ってるのか、自分でも分からなくて、情けなかったこと。気にしないで、と長いキスをしてから、ぼくをシャワーへ誘ってくれたこと。明るいところで見た明香里さんの裸が、例えようもないほどきれいだったこと。

ベッドに戻って、ぼくはどうしたらいいですか、と恥も外聞もなく聞いたこと。航星くんの好きなようにしてみて、でも、これが大切なんだけど、力は入れないで、全部フェザータッチでね、と教えてくれたこと。

無我夢中になったこと。

明香里さんの息と、からだが、熱くなってきたこと。

いちばんやわらかくてあたたかいところへ、導かれたこと。

息と、からだが、熱かったこと。

息と、からだが、熱かったこと。

明香里さんが、熱くて、優しかったこと。

最後に、強く抱きしめられたこと。強く抱きしめ返したこと。汗ばんだ二人の肌が、ぴったりと吸いついて、互いに慕い合っていたこと。

ぜんぶ、ぜんぶ、今まさに実際に起きていることみたいに、鮮やかによみがえる。

体の力が抜けるのと同時に、緊張がほぐれた。そこからは、普通の記憶として、ぼくの中に刻まれてる。

行為のあと自然と、ぼくの腕まくらに明香里さんが頭を預ける姿勢になっていた。すごく大人になった気がした。

「気持ちよかった？」

ぼくを見て、明香里さんが聞いた。髪の毛が少し顔にかかって、なまめかしかった。

「はい。すごく」

「そう。よかった……後悔してない？」

「してないです。明香里さんのほうこそ」

名前を教えてもらってからひと月以上経つけど、ぼくがそれを口に出して呼んだのは、これが初めてだったと思う。

「後悔はしてないけど、航星くんは神さまっていると思う?」

唐突な問いかけだった。

「えっと、たぶんいないと思ってます」

「そう。よかった」

「どうしてですか」

「もしいたら、わたし、叱《しか》られると思うから」

「それって、やっぱり後悔してるってことじゃないですか。よくないことだった、って思ってるんでしょう?」

ぼくにはとても嬉しいことなのに、それを悔やまないでほしかった。

「違うの。よくないことでも、後悔はしてない。反対に、正しいことをしたはずなのに、しなければよかったって後悔することもあるわ。今までもあったし、これからもあるんだろうと思う」

やるせない感じでそう言って、天井を見上げた明香里さんの横顔は、大人になったという、さっきのぼくの自覚を簡単に粉砕してしまうほど、大人だった。

「わたしがこんなだと知ったら、穂乃花はどう思うかな」

「ほのか?」

「あ、妹のこと」

——妹はね、可愛いの。ちっちゃな頃からわたしの真似ばかりしてね。

「幻滅しちゃうかな」

もしそうなったら、全力で明香里さんを弁護しようと思った。

「明香里さんは、今つき合ってる特定の人って、いるんですか」

ぼく以外に、と付け加えようかどうしようか迷って、結局付け加えられなかった。

「いたわ。半年ぐらい前まで」

「別れちゃったんですか？」

「捨てられた、のかな。彼が望むようなわたしになれなかったから」

「酷《ひど》いじゃないですか、そんなの」

憤慨した。これ以上何を望むと言うんだろう。今のままで、世界一魅力的な人なのに。

「すごく我の強い人で、わたしもちょっと疲れちゃったから、お互いさまだったのかもね。

ごめんなさい、つまらない話をして」

「つまらなくなんか、ないですよ」

そう、全然つまらなくなんて、ない。とても重要な話だと思った。ぼくは絶対、明香里さんを傷つけたり悲しませたりしない男になろう。そう心に誓う理由になったのだから。

「そろそろ、帰らなきゃね」

明香里さんは、ベッドの枕元《まくらもと》にあるパネルのデジタル時計を見て、そう言った。まだ午後七時前だったから、ぼくは時間的にはぜんぜん大丈夫だったけど、今のはぼくのことじゃなくて明香里さん自身のことだったのかも知れない。

そういえば、こういうところの料金の支払いって、どうするんだろう。それを明香里さんに聞きたくて、でもどう聞いていいか分からなかった。

いや、そんなことより、もっと心配なことがある。この心地よい時間を失いたくなくて言い出せなかったけど、やっぱり、知らないふり気づかないふりは、できない。

「あの……」

言い出せない。

「なあに？」明香里さんが顔を寄せてくる。「言ってみて」

「ぼく、さっき、その、避妊……っていうんですか、それ、してません」

たどたどしく言うと、明香里さんはふんわりと笑って、

「気にしてくれてたのね。ありがとう。でも、今日は心配いらないから。先に言ってなくてごめんなさい」

「そう……ですか」

今日は何日だっけ？　ぼんやりと思い浮かべた。

「この先、航星くんが女の子をリードしてあげるときは、ちゃんと心配してあげてね」

明香里さんは、ぼくの頭を撫《な》でてそう言ってくれたけど、ぼくは返事をしなかった。

この先、なんて考える必要、ない。

この先もずっと、ぼくはこの人を好きでいる。今はまだ高校生のガキだけど、あと半年で卒業するし、大学行かずに働いて生活してる人なんていくらでもいるし、再来月の誕生日を過ぎたら十八歳だから結婚だってできる。

そう決めたら、心が軽くなった。ぼくは体を起こした。

「明香里さん、今日はありがとうございました」

「なあに、かしこまって」

明香里さんがクスクス笑った。この笑顔は、ぼくのものだ。

九月二十五日、今まで何となく生きてきただけのぼくが、人生初の大きな決断をした、記念の日だった。


バイトの回数を増やした。先々、それで生活していくわけじゃないけど、とりあえず少しでもお金を稼ぎたかった。

リッタとクロードは、明らかにぼくを心配していた。

「つき合い悪いだけなら気にしないけど、最近のコーセイ、なんか目が血走ってんぞ」

「同意同意。バイト増やしたって言ってたけど、何かあったの？　家が借金背負ったとか」

「いいんだ、気にしないでくれ」とだけ答えておいた。

バイトは、頑張った。不慣れな作業もしっかり覚えた。目的意識があると、人間こうもパフォーマンスが上がるものか、と自分でもびっくりした。

明香里さんとは、今までどおり、たまに店で顔を合わせたり、明香里さんの会社が休みの日の夕方に会ったりしていた。夏休みの時みたいに、昼間ゆっくりデートするようなことはできなかったけど、別に構わなかった。

あの日から、二人で一緒にいても、お互いに口数が少なくなることが多くなったけど、それは心がつながってるからだ、ってむしろ嬉しかった。

本音を言うと、また明香里さんがセックスに誘ってくれないかって期待してて、でも自分からは言い出せなくて、悶々《もんもん》としたりもしたけど、その気持ちも仕事への励みに変えることができた。そんな自分が誇らしかった。

学校では、進路指導から呼び出しを受けた。志望進路を提出してなかったからだ。適当な大学の名前を書いて、出すだけ出しておいた。

でも、出してみたら、気が変わった。

二学期の期末試験が終わったら、明香里さんにもう一度告白をするつもりだった。その場面を何度も想像した。想像の中で、明香里さんは時おり、こんなことを言う。

——気持ちは嬉しいけど、でも、大学は行って。そのために頑張ってきたんでしょう？

——航星くんが大学を卒業するまで、待てるから。待ってるから。

そして、ちょっとだけ意地悪そうに笑って、

——大学入ったら、周りの可愛い女の子たちに、目移りするんじゃない？

「そんなこと、するわけないじゃないですか！」

想像と現実が一緒くたになった。突然の大声で、パートのおばさんを驚かせてしまった。

「何よアンタ、急に。大丈夫？　勉強し過ぎで頭おかしくなったりした？」

「だ、大丈夫です」

言いつくろって、仕事に戻る。

バイトが終わったら、家に帰って勉強。今さらだけど、やるべきことはやっておきたい。

そして、胸を張って、明香里さんに思いを告げるんだ。

6

十二月十二日、期末試験最終日。これが終わると、うちの高校は受験本番一色になる。

もう、正規の授業はほとんどない。教科別の補講を自主的に受けるだけだ。

《お話ししたいことが、あります》

メッセを送った。

いつもの待ち合わせで使っていたカフェに来てもらった。ぼくは先に着いて、今ではすっかり苦さにも慣れたブラックコーヒーを飲んで、明香里さんを待った。

明香里さんは、約束の時間から五分遅れで来た。ちょっと派手な印象の、丈の長いコート姿。初めて会ったのは真夏で、秋を経て、今はもう、冬に向かってまっしぐらだ。

これからもぼくは、いくつもの季節を明香里さんと過ごしていく。

「待たせてごめんね。何か、大事な話？」

明香里さんはそう言って、ぼくの前に座った。

はい、実は、と切り出そうとして、ふと、明香里さんがとてもしんどそうな顔をしてることに気がついた。

「どうかしたんですか。顔色、よくないです」

「ああ、うん、心配しないで」

口ではそう言うけど、やっぱりどう見てもつらそうで、テーブルに肘《ひじ》をついて、手の甲で額を支えたりしてる。こんな明香里さん、初めて見る。今の明香里さんに、重たい話をしてもいいんだろうか。

「どうしたの？　お話があるんでしょう？」

でも、彼女に促されたぼくは、ひとつ大きな空咳《からぜき》をして、話し始めた。

ぼくは、明香里さんが好きです。他の誰《だれ》よりも好きだ、っていう自信、あります。先月、十八になりました。選挙権もあるし、結婚もできます。今は頼りない高校生だけど、それもうすぐ卒業です。大学受験は、どうなるか分からないけど、どうなっても、もっとバイトも増やすか、いっそ就職して、将来のためにお金作ります。だから――

「だから、ぼくが明香里さんを迎えに行けるまで、他の誰とも、一緒にならないでいてほしいんです。今日は、それを言おうと思って」

ただこの人の顔が見たい、ってそれだけの一心で、必死にレジにしがみついた初対面の日。あれからまだほんの半年足らずだけど、ぼくはここまで言えるようになった。

明香里さんは、しばらく何も反応しなかった。少しうつむき加減になって、ぼくの言葉を心の中で反芻《はんすう》してるみたいに見えた。

「それは……誤解だったらごめんなさい。プロポーズの予告、ということでいいの？」

「はい。その通りです」

「わたしは六つも年上で、もう働いていて、自分の力で生活してる。航星くんは、今から大学生になって、それから社会に出るのよね。それでも航星くんは、わたしなの？」

「はい」

「気持ちは嬉しいけど……現実的じゃないと思う」

耳を疑った。こういう場合の記号的表現は、「後頭部を殴られたみたい」だろうけど、ぼくは顔面を思い切り踏みつけられた気分だった。

「どうしてですか？」

歯嚙みした。失敗だ。やっぱり、想像の中の明香里さんとほんとうの明香里さんとは違う。ちゃんと大学行って卒業して、なんて、そんな甘ったれた遠回りをしてたんじゃ、今まさに現実に生きてる明香里さんをつなぎとめることは、できないんだ。

「そんなに待たせません。受験は、しません。すぐにでも働きます」

「違うの。無理なの、航星くんとは」

絶望っていうのは、こういう気分のことか。

「ぼくのこと、嫌いですか」

「好きよ」

「ぼくもです。明香里さんは今、他につき合ってる人は、いないんですよね」

「そう呼べる人はいないわ」

「だったら、どうして無理なんですか？　ぼくが年下だからですか。頼りないからですか」

言えば言うほど自分が情けなくて、ブレーキが利かなくなった。

「ぼく、家を出ます。一人で生活してみせます。そうしたら」

「やめて」小さい、けれど鋭い声。「そういうことじゃないの」

「どういうことですか……」

「聞いて」

明香里さんが、うつむき加減だった顔を上げた。黒い瞳が、なぜだか深くて青い海みたいに見えて、ぞくっとした。

「航星くんの好意は嬉しい。それは嘘じゃない。わたしも、航星くんのことは大好き。でもね、それだけじゃだめ。それだけじゃ、一緒にはなれないの。航星くんが見てるわたしは、わたしの全部じゃない。あなたには見せていないことが、たくさんあるの。でも、あなたはそうじゃない。いつも、素の自分を見せてくれるでしょう？」

「そんなことありません。ぼくだって、明香里さんにいいとこ見せたくって、カッコつけたり、背伸びしたり、してますよ？　うまくいってるかどうかは、分からないけど……」

「自分を飾ろうとするのと、自分を隠そうとするのとは、ぜんぜん違うわ」

「だったら」

他のテーブルの客が、みんなこっちを見てた。何あれ、ってひそひそ話してるのも聞こえてた。でも、そんなのどうでもいい。必死だった。

「隠さずに、ぜんぶ見せてください。明香里さんの、ぜんぶ」

「あなたには、見せられない。それがわたしなの。ごめんなさい」

明香里さんは、頭を下げた。そんなこと、してほしくなかった。

分からなかった。どうして、全部見せてくれないんだろう。それでぼくが明香里さんのことを嫌いになるはずがないのに。

「どんな明香里さんでも、受け入れられます。だって、好きなんだから」

思ったとおりのことを告げた。明香里さんは、さびしそうに笑った。

「そう言える君がうらやましいわ。じゃあ、はっきり言うわね。傷つけたくなくて今まで言わなかったけど、わたしは君を弄《もてあそ》んでたの。なんでも言うこと聞いてくれる年下の男の子を。航星くんの人生を、ちょっとつまみ食いして、少しのあいだ通り過ぎただけ」

明香里さんの口から出た言葉だとは、思えなかった。

「それとね、航星くん。今の自分にとっていちばん大切なのはわたし、なんて思ってる？」

「もちろんです」

家族より、友人より、受験より、バイトより、何より大切なもの。明香里さん。

「わたしにも、大切なものがあるの。でも、いちばん大切なのは、航星くんじゃない」

具合が悪いのか、明香里さんは両手でお腹《なか》を庇《かば》うような仕草をした。

「他に……誰か……でも、誰もいないって」

「恋人以外にも、大切なものなんて、いくらでもあるわ」

明香里さんが、ゆっくりと立ち上がった。霧が立ち上るみたいだった。

「仕事があるから、行くわね」テーブルの上の伝票に手を伸ばした。「さよなら」
この時、どうしてぼくは、引き留めなかったんだろう。追いすがらなかったんだろう。
腕をつかんで、「待ってください」って言わなかったんだろう。
ただ中途半端に腰を浮かせて、滑るような足どりで傍《かたわ》らを通り過ぎていく明香里さんを、
見上げて、見送っただけだった。自分の目の前で起きたことが、現実だと思えなくて、あ
あそうかこれは上手《うま》くいかなかった場合の想像なんだ、こうならないように本番では気を
つけなくちゃ、とぼんやり考えていた。
我に返ったのは、数分経ってからだった。店員が明香里さんのカップを下げに来たこと
で、ようやく何が起きたのかを理解できた。
カップの底に少しだけ残っていたコーヒーが、とても苦くて、冷たかった。

それが、ぼくが見た最後の明香里さんだ。
その後は、本当にもう、何も手につかなくなった。勉強も全くしなくなった。
明香里さんに連絡してみたけど、メッセを送っても、メールを送っても、何の反応もな
かった。メッセは未読のままだった。電話は、着信拒否されていた。
進路指導に提出したとおりの大学に出願はしたけど、受ける気はなかった。
年が明けた。センター試験も、さんざんな出来だった。

それでも、バイトだけは辞めなかった。また明香里さんが来てくれるかも知れない。会えるとしたら、ここしかない。だから、辞められなかった。

どうして明香里さんは、ぼくの前から姿を消したんだろう。それも、あんなに唐突に。

抜け殻みたいになって、バイトを続けた。一人きりになると気が狂いそうなので、高校の補講に出席した。ただ座ってるだけで、講義は聞いてなかったけど。

リッタとクロードが、今までどおりに接してくれるのが、ありがたかった。

「おれ、補講なんて来る気ぜんぜんないけど、コーセイが心配だから顔見に来てやってるんだぜ。感謝して、なんかおごれよ」

「いやいやクロード氏、付け焼き刃しなきゃってマジで焦《あせ》ってたでしょうに。おためごかしは良くない。コーセイ氏、恩に着る必要は皆無《かいむ》ですよ」

分かってるよ、二人ともありがとう、って答えておいた。

でも、一月も末近くになって、ぼくが明香里さんに送ったメッセが既読になった！　もしかしたら、って思って期待して、追加のメッセを送ったけど、それは既読にならないし、レスも来なかった。

明香里さん、どこでどうしてるんですか。ぼくのメッセ、見てくれたんですよね——

＊　＊　＊　＊

「既読になったのは、警察の人が、明香里さんのスマホを確認した時だったんですね」

話し終えたぼくは、大きな息を吐いた。魂を吐き出した気分だった。

「そうだね。それと、あたしが、航星くんにメールする前に、お姉ちゃんのスマホを見た時、航星くんの追加のメッセも既読になった。あたしのメール、ぬか喜びから突き落とされた気分だったよね。ゴメンね」

ぼくはかぶりを振った。穂乃花さんが知らせてくれなかったら、ぼくは明香里さんがもうこの世にいないなんて知りもせずに、ずっと恨みごとを言い続けていただろう。

「でもね、あたし、思うんだ。航星くんによれば、お姉ちゃん、電話は着拒してたし、メッセも読んでなかったけど、でもアドレスは全部残ってたよ。削除してなかった。だから、心の底から航星くんを拒絶してたわけじゃ、ないと思うんだ。メッセ読まなかったのは、自分の気持ちが揺れるのが怖かったから、じゃないかな」

「あんなに、手のひらを返すみたいに拒絶されたのに、ですか？」

「だからこそ、だよ？　無理にそうしなきゃ、別れられなかったから」

「別れる必要なんて、ないじゃないですか……」

わけが分からない。ぼくのことを嫌いになったのなら、仕方ないと思う。でも、そうじゃないのなら、どうして別れなくちゃいけないんだろう。

「前につき合ってた人と別れた、って、お姉ちゃん言ったんだよね？」

「はい。捨てられた、とか、自分も疲れて、とか言ってました」

「詳しくは知らないんだけど、その人とはあまり幸せなつき合いじゃなかったみたい。お互いに傷つけあうみたいな感じで。怖くて聞けなかったけど、お金のトラブルもあったみたいなの。で、そんな時に航星くんと出会った。航星くん、不器用で、でも真っ直ぐで、お姉ちゃん、きっと心が洗われる思いだったんじゃないかな。だから、溺《おぼ》れた」

胸を衝《つ》かれた。他人から見たら、年上の魅力的な女性に、経験のないぼくが溺れてしまった、っていう風に見られただろうけど、穂乃花さんは、その逆だと言う。

「でも、自分を癒すために航星くんを利用してるようなものだって気づいて、最後に踏みとどまった。このままじゃ、航星くんのためにならないって。だから、嫌われるつもりで、突き放したんだと思う……どうしたの？」

ぼくは、泣いていた。

誰よりも明香里さんをよく知ってるはずの、妹の穂乃花さんが言うんだから、きっとそうなんだろう。

明香里さんが、ぼくの前から姿を消したのは、明香里さんなりの、ぼくに対する、優しさのためだった――それは、ぼくが望んだ形ではなかったけれど。

そんなに自分を責める必要なんて、なかったのに。死ぬ必要なんて、なかったのに。

《ごめんね》という未送信のメッセが、明香里さんのスマホに残ってた。穂乃花さんがそう教えてくれた。送信前にこと切れたんだろう、ってことらしいけど、それは、穂乃花さんにだけじゃなくて、ぼくにも宛《あ》てられてたんじゃないかと思う。それを示すために、穂乃花さんとのログには書いたけど、わざと送信はしなかった。そう思いたかった。

ぼくがそれを言うと、穂乃花さんは、

「そうかも知れないし、そうじゃないかも知れない。でも、航星くんが思う通りのお姉ちゃんだった、って思ってあげて。それが航星くんにとっても、お姉ちゃんにとっても、いちばんいいことだから」

「そうします。セキュリティロック、かかってなかったんですよね」

「って、警察の人が言ってた」

確か明香里さんは、スマホに生体認証のロックをかけていた。それを解除しておいたのは、最後に書いたメッセが未送信のままでも、穂乃花さんが間違いなく読めるようにしたんだと思う。そしてぼくや、もしかしたらぼく以外にもいた、明香里さんにとって「大切なもの」に、穂乃花さんが伝えてくれることを願ってたんだろう。

「あたしがこうやって航星くんに会いに来たのは、お姉ちゃんの遺志に沿うことができた、って思っていいのかな？　うん、そうだったらいいな」

ぼくの仮説に、穂乃花さんも心なしか安心したように見えた。嬉しかった。

「じゃ、お姉ちゃんに代わって、あたしから航星くんにひとつ、お願い」

ぼくの顔の前で、穂乃花さんが人差し指を立てた。

「はい。なんですか」

「受験。最後まであきらめないで、がんばってみて。本命の入試、まだでしょ？」

「来週です。本命なのかどうか、分からないですけど」

「いいの！　でね、もしダメでも、来年もがんばる。お姉ちゃんに告白した時の度胸があれば、何だってできるよ。お姉ちゃんのためにも、がんばってほしい」

「はい。やってみます」

これからの進路のことを親とどう話そうかとか、見当がつかないけど、穂乃花さんが、いや、明香里さんがそう言うなら、やってみよう。

ぷるるるっ、と剽軽《ひょうきん》な音がした。穂乃花さんが立ち上がって、内線の受話器を取り、耳に当てながら、ぼくを見て、問いかけるように首を傾《かし》げた。ぼくは首を横に振った。

「はーい、分かりました」

送話口に明るく話しかけると、受話器を壁にかけて、ぼくのほうを向いた。

「よし、あと十分あるから、最後に一曲だけ歌おうか」

「今さらですか？」

思わず噴き出した。穂乃花さんも「そう、今さらだよ」と笑いながら、ぱぱぱっと最新式のリモコンを操作した。

「今の航星くんにぴったり。すっごい古い歌だけど、超有名だし、きっと知ってるよね」

穂乃花さんは、リモコンのディスプレイに表示された曲名をぼくに示した。

「知ってます」

「一緒に歌おっか」

「はい」

「オッケー。ポチッとな」

穂乃花さんがおどけてディスプレイをタップした。

軽快なイントロが流れ出した。

ぼくも明香里さんも生まれる前の、古いアニメーション映画の主題歌。画面には、その映画の一場面が映し出された。蒸気機関車が煙を吐いて、夜空へと伸びた線路を駆け昇っていく。

万感の思いをこめて、その歌を歌った。

明香里さん、ありがとうございます。そして、さようなら。

第四章　益田良一

1

ファミリーレストラン、という名称は皮肉に満ちている。

本来は、生活環境が多様化する現代社会において、家族全員が自家で団欒《だんらん》を囲む機会が減っている状況に対する解の一つとして発展してきた業態なのだろう。しかし平日の午後九時、店内の端に位置する四人掛けテーブルに着いている私の視界には、この店が本来歓迎すべき客層であるような「家族」の姿など、ごく僅《わず》かな数でしかない。

真ん中あたりの大きなテーブルを占めているのは、高校生と思《おぼ》しき制服姿の数名の若い男女。その隣、若干《じゃっかん》年かさに見えるグループは大学生だろう。ずいぶんな量のアルコールを飲んでいる。私の隣のテーブルにいる、何やら深刻な面持ちで小声の会話を続けている年の離れた男女は、親子ではなく不倫関係の二人だと見当がつく。

最近でこそ減ってきたが、ひと頃《ころ》のファミリーレストランは二十四時間営業が当たり前だった。常識的には就寝している筈《はず》の深夜や早朝にいったいどんな家族が来るというのだろうか。来るとしたら、生活の乱れた若夫婦と幼児の組み合わせぐらいなものだろう。ほぼ例外なく、子どもの前でも平気で煙草《たばこ》を吸うような手合いだ。

そもそも今この時代、家族という語にどれほどの意味があるのだろうか。最近の調査では、単身世帯の割合は全世帯の三分の一以上を占めるという。三軒に一軒以上は、「家族」ではないのだ。

私が住んでいる東京都に限れば、その割合は四十七パーセントになるという。一世帯あたりの平均人数は一・九九人。構成人数が二人未満の状態を、家族とは呼べまい。いや、これ以上皮肉を弄《ろう》するのはやめておこう。他ならぬ私自身が既に「家族」の構成要員ではないし、今この店で席を同じくしている女性も、私の家族ではない。もしかしたら親族になっていたかも知れない存在ではあるけれど。

三十八歳のビジネスマンである私と、来月二十一歳になるという大学生の女性。向かい合って座っている私たちは、周囲からはどういう関係だと見られているだろうか。

「お仕事でお疲れのところ、わざわざすみません」

女性は申し訳なさそうに頭を下げる。三日前の夜に電話で聞いたのと同じ、少し甘えた感じの可愛《かわい》らしい声だ。

この声が驚くべき知らせをもたらした時、私は本当に悔やむしかなかった。

『沖本明香里《おきもとあかり》の妹で、穂乃花《ほのか》といいます。益田良一《ますだりょういち》さんでしょうか。実は——』

沖本明香里。彼女が傷つき、悩み、苦しんでいたことを、私は充分に熟知《じゅくち》していた。手を差し伸べたのは親切心や同情心からではない。彼女に惹《ひ》かれたからだ。私もまた、傷つき、悩み、苦しんでいた。それを彼女なら埋めてくれると思った。

しかし彼女は、私の手をすり抜けてしまった。

それでも仕方ないと思った。彼女が私以外の存在を選んだのであれば、失意を隠し、笑って見送れると思った。そう自分を納得させていた。

なのに彼女は、どんな存在を選ぶこともなく、死を選んだのだという。だったら、私が何としても彼女を繋《つな》ぎ留めるべきだった。

『姉のことが知りたくて、関係のあった人たちに、話を聞かせてもらってるんです。姉に、自殺を選ぶような理由があったのかどうか。益田さんにもお伺いしたくて』

それが、彼女の妹である穂乃花からの依頼だった。

そして今、私はその穂乃花と対峙《たいじ》している。食事は済ませたというので、ドリンクバーだけを注文した。ウーロン茶のグラスが二つ、私と穂乃花の前に置かれている。

穂乃花の面持《おもも》ちは硬い。緊張が見て取れる。無理もない。「姉と関係があった人たち」がそれぞれどんな関係だったのかはそれとなく察しはついているが、ほぼ間違いなく、私と彼女との関係が最もイレギュラーで、理解が難しいものだろう。だから穂乃花も、目の前の男が姉の何だったのか、見当がつかずに戸惑っているに違いない。

「いいんだ。私も、誰《だれ》かに彼女のことを聞いてほしかった。しかし、誰にでも言える話ではない。妹さんである君が連絡をくれて、むしろ助かったぐらいだ」

「そう言っていただけると、あたしも助かります」

穂乃花はまた頭を下げた。礼儀正しい娘だと思った。

腕時計を確認した。午後九時八分。

「今日は、遅くなっても大丈夫なのかい？　少し長い話になると思うのだが」

「構いません。もう、部屋に帰っても、待ってる人もいないし……」

そっと目を伏せる。申し訳ないことを聞いてしまった。

「分かった。それじゃ、何から話せばいいかな」

「全部です。姉と知り合った経緯から、最後まで。他の方は、姉のスマホに残ってたやり取りで、何となく想像できるんですけど、益田さんは、やり取り少なくて、書いてあることも内容がぼんやりしてて。シフォンって、何だったんですか？」

訴えかけるような眼差しが痛い。

「私の話は、必ずしもお姉さんにとって名誉なことばかりではないんだが、構わないか？」

それは無論、私自身にとっても名誉なことではないが、この際それを憚《はばか》ることは許容《きょよう》されないだろう。

「構いません」

「分かった。私がお姉さんと出会ったのが〈シフォン〉なのだが、前提として、私がそこへ行くようになった経緯を聞いてもらえるかな」

「はい。お願いします」

気恥ずかしくはあるが、私は若干の自分語りを始めた。彼女との関係を理解してもらうためには、それが必要だった。

＊　＊　＊　＊

私は三年前に離婚を経験している。いわゆるバツイチだ。

思えば、それまでは順風満帆《まんぱん》と称して差し支えのない人生だった。

学校時代から、自分が周囲よりいささか秀でていることは自覚していた。成績は常にトップクラスだったし、クラブ活動や生徒会活動でもそれなりに活躍をし、周囲からの人望もあった。人並みに恋愛も経験した。十代特有の児戯のような恋愛だったが、青春というのはそういうものだろう。

大学受験でも成功を収めた。かつてほどではないにしろ、現代でも社会を渡っていくために学歴は重要だ。高い学歴を獲得して世に出ていくことは、両親も望んでいたし、私の目標でもあった。

充実した学生生活だった。勉学はもちろん、学外の活動も満喫した。中でも楽しかったのは、トレッキングのサークルだった。山歩きは、いい。体力の維持向上にも寄与するし、自然の事物と触れ合うことは心身のリフレッシュにもなる。すっかり自分の習慣として定着し、中年のとば口に立った今でも、近隣の山歩きを趣味として続けている。

このサークルで、後に妻となる三津谷恵《みつやめぐみ》と出会った。学部は違うが同じ学年で、聡明《そうめい》で健康的な女性だった。容貌《ようぼう》は際立って美しいというほどではないが、朗らかな笑い顔が魅力的で、自然な気遣いができ、一緒にいると安心感があった。

互いに惹かれ合うものを感じ、どちらからともなく交際を申し込んで、恋仲となった。似合いの二人だとサークル内で祝福されたり冷やかされたりしたのも、今となっては懐かしくも切ない思い出だ。

恵とは順調に愛情を育んでいった。これもまた、どちらからともなく結婚を意識するようになったが、まずは無事に卒業して就職することが肝要だった。世間は著しく不景気で、私たちは俗に言う就職氷河期の世代だった。就職活動は熾烈《しれつ》を極め、プライベートに注力をしている場合ではなかったのだ。

幸いにも、私は大手機械メーカー、恵は損保業界に就職をすることができた。

洒落《しゃれ》たレストランで祝杯を挙げた。

「おめでとう、恵」

「良一さんこそ」

軽く音を立ててグラスを合わせる。

「久しぶりに君のいい笑顔を見たよ。就活中はキリッと逞《たくま》しい表情か、もしくはくたびれて荒《すさ》んだ表情ばかり見ていた気がするな」

「仕方ありません。激戦だったんだもの。戦いの最中にへなへな笑ってなんていられないわ。でも、就活のおかげでお化粧は上達したと思う。どう？」

得意げに話す恵に、私は目を細めた。

「認める」

「惚《ほ》れなおした？」

口角を上げてコケティッシュに笑う。男友達のようにさばさば振る舞うかと思えば、女らしい艶《つや》やかな顔も見せる。つき合っていて退屈することがなかった。

少し気が早いと思ったが、切り出してみた。

「お互いの両親に挨拶《あいさつ》とか、しといたほうがいいかな？」

「異議なし。ただし時期は応相談《おうそうだん》。良一さんがわたしをそういう目で見てくれてるのは嬉《うれ》しいけど、だったらなおさら、将来のことをきちんと設計してからにしたいの。働きだしたら環境も激変するし、そういうのに慣れてからでもいいと思う」

「その間に君が心変わりしたら困るな」

「させないように努力するのが男の甲斐性《かいしょう》でしょう?」

悪戯《いたずら》っぽく笑った。

ほどなく私たちは卒業し、それぞれの会社で働き始めた。

仕事は忙しかった。企業が採用を絞っているのは不景気ゆえだったが、かといって業務量が大きく減少しているわけではないから、一人ひとりの負担は増えていた。しかし、それに食らいついて仕事を覚えていく過程には充実感もあったし、自分の視野が広がるのも楽しかった。

恵とデートをする機会は減らさざるを得なかったが、彼女もまた充実した毎日を送っていた。幸いなことに二人とも、心変わりを誘発するほどの魅力を放つ他の異性は周囲にいなかった。

ただ、今にして思えば、私は意図的に自分を「そういう人間」だと規定していたのかも知れない。恵は魅力的な女性であり、お互いに既に結婚を意識した仲であり、従って他の女性に興味など持たない、「そういう人間」なんだ、と思い込もうとしていたのかも知れない。

何も浮気や二股《ふたまた》を容認したり推奨したりするつもりはない。だが私は、恵を早いうちから自分の人生のパートナーだと決めたことで、彼女が「私にとって理想の女性であること」を過剰に求めすぎていたような気がする。この私が早期に重大な決断をした以上、対象である彼女は私の決断に完璧《かんぺき》に応える義務がある――明確に意識はしていなかったが、そのように考えていたのではないか。

結果的には恵のほうではなく、他ならぬ私自身が、理想的でも完璧でもなかったというのに。

私と恵は、二十八歳で結婚した。出会ってから十年近く経《た》っていて、いわゆる「長すぎた春」というやつだが、互いの両親への挨拶は社会人二年目に済ませていたし、それからはタイミングを図っていた感じなので、倦怠《けんたい》していたというわけではない。最近の風潮に照らせば、むしろ早婚の部類だろう。

結婚と同時に、小さな賃貸マンションを借りた。いずれ子どもを持った時には広い住居を買おう、その時のために今は計画的に蓄財《ちくざい》をしよう。二人ともそういう考えだった。

その時が来ることを期待しつつ、その一方で私は恐れてもいた。恵が妊娠し、出産する。その際、彼女の企業人としてのキャリアをどの程度尊重すべきだろうか。まだ答えを出せていない問いを、逃げ場なく突きつけられるその日が来ることを。

私の両親は昭和の高度成長期の価値観そのもののような人で、結婚したら女は家庭に入るものだと決めつけていて、特に母親は恵が結婚後もフルタイムで働き続けることを問題視していた。「女が家を守らなくてどうするの」という主張だ。

結婚に際し、「いくら何でも今は時代が違うよ」と説き伏せたが、実は私も母の主張には一定の賛意を抱いていた。両親ほど色濃くはないが、基本的には男女役割論者だという自覚がある。女性が社会で働き続けること自体を忌避《きひ》するつもりはないが、それは子を産み育てることと同等あるいはそれ以上の重きを置くべき要素ではないと考えていた。

勿論《もちろん》、私も育児には積極的に参画するつもりだったが、どうしたって男のできることには限界がある。少なくとも生まれた子が小学校に入るぐらいまでは、恵には家庭に専念してほしかった。しかし、それをそのまま恵に要求するのは難しいことも分かっていた。

私の懊悩《おうのう》に起因したわけではないだろうが、結婚から三年が経過しても、恵が妊娠する気配は一向に訪れなかった。

「自然体でいいんじゃない？」

恵はあまり拘《こだわ》っていないようだった。

「君ももう三十一歳だぞ？」

「あなたもでしょ？」

「男と女は条件が違うよ。子どもが欲しいとは思わないの？」

「これぱっかりは授かり物だから。わたしの母も結婚して五年ぐらいできなかったけど、一人産んだら後は立て続けで、三人目がわたし。その血を引いてたら、わたしもそうなるかもね」

そう言って恵は屈託《くったく》なく笑った。

私としては、悩ましい問いを先延ばしにすることができて有難いという側面もあったが、両親からの「孫はまだか」のプレッシャーは強烈だった。母は「ちゃんとやることやってるの?」などという品のない非難を浴《あ》びせてきて、恵を憤慨《ふんがい》させた。

この頃から、それまでも決して良好とは言えなかった私の実家と恵との関係性が悪化した。私はその板挟みになり、精神的に疲弊し始めていた。

しかし、耐えて乗り切るしかなかった。進学も、恋愛も、就職も、結婚も、全て満足の行く結果を残してきた。ここで躓《つまず》くわけにはいかない。子どもがいてこその理想の家庭であり、理想の人生だ。その望みを放擲《ほうてき》することは出来ない。

恵の女性としての魅力は減じていなかったが、互いの気持ちが自然に求め合うのではなく妊娠を目的として意図的に開始する性交は楽しいものではなかった。殊に、排卵日に合わせて義務的に行うそれは憂鬱《ゆううつ》だった。もともと私ほど子どもを作ることに執着していなかった恵はなおさらで、それが原因なのか、軽い鬱状態にまで陥った。

彼女が妊娠しづらい体質を母親から受け継いでいるであろうことを私が非難してしまっ

たことが、それに拍車をかけた。

「どうしてブライダルチェックをしておかなかったんだ」

そう言って恵を罵《ののし》ってしまった。

結果的には、私のこの発言が、離婚の原因となった。順風満帆だった私の人生航路は、不妊によって座礁した。

あまりに順調過ぎるものは、ひとたび歯車が狂うととことん不調になるものであるらしい。家庭人としての成功から見放された私は、それ以後、会社の仕事でも精彩を欠き、それまで同期の中で一番手だった昇進も、管理職登用では周囲に後れを取るようになった。

両親は再婚を勧めてきたし、実際に何人かと交際を試みてもみたが、うまく行かなかった。そのうち、プライベートで女性と接して関係を構築すること自体が億劫《おっくう》になっていった。女性を一個の人間として尊重し敬愛するという心の機能自体が破損した、という形容が適切かも知れない。

ふと思い立って、性風俗を利用してみることにした。人間関係において最もプライベートで最も濃密な要素である性を、金銭を目的として不特定多数の男に提供する。そういう女性たちのことを私は嫌悪していたし、だから今までそんな店に足を踏み入れようなどとは考えたこともなかった。

この際、一個の人間として尊重も敬愛もできない女性との接触に塗《まみ》れてみるのも一興か、と思った。むしろ今の自分にはそれが相応《ふさわ》しいように思えた。

ネットで情報を調べて、通勤の乗換駅であるG駅近くの〈シフォン〉という店に興味を持った。ウェブサイトの出来が良かったのが理由だ。

沖本明香里とはそこで出会った。

2

私は話を小休止させたが、穂乃花は私への応答に窮《きゅう》していた。表情を失った両眼をぼんやりと見開いて、機械仕掛けのような瞬《まばた》きを繰り返している。さもあろう。自分の姉が性風俗の店で働いていたと聞かされたのだから、容易には受け止められまい。

「ちょっと失礼するよ」

そう言い置いて席を立ち、ドリンクバーのおかわりを取りに行った。短時間でも一人にしてやったほうが適切だろうと思った。

二分ほど時間を潰《つぶ》して席に戻ると、穂乃花は唇を少しすぼめて深呼吸を繰り返していた。私が戻ってきたのにも気づいていないようだ。

「驚かせてしまったかな、やはり」

声をかけてから腰を下ろした。穂乃花は「あ」と小さく反応してから、

「はい、少し」

「そうなると思ったから、私も躊躇《ちゅうちょ》してしまってなかなかそのことに触れられず、前段が長くなり過ぎてしまった。退屈したろう?」

「いえ、なんていうか、勉強になりました。結婚の話とか、お仕事の話とか」

「それならいいんだが。ともあれ、ここからが君にとっては本題になるね」

「はい。あ、あたしもちょっといいですか」

本題に入るのに備えて、というつもりなのだろうか、彼女も席を立っておかわりをした。戻ってくると、たぶん気のせいだろうが、若干《じゃっかん》興味深そうな表情で聞いてきた。

「さっき言ってた〈シフォン〉って、その、男の人が行くエッチなお店のことですよね?」

エッチなお店という表現が妙に似つかわしかった。なるほど、この純真そうな女子学生が性風俗店のことを口にするなら、他に言い方はあるまい。

「そうだよ」

「こんなこと聞いちゃっていいのかな。その……どんなことするお店なんですか。益田さん、そこに行ったってことですよね。あ、でも、言いにくかったら、無理にはいいです」

「確かに、若い女の子に話して聞かせるようなことではないね。男である私がそういう店に行くのは、まあ褒《ほ》められたものではないにせよ、世間では珍しくないことだから、話すのは私は構わないが」

「でも益田さん、さっき『そういう女性を嫌悪してた』っておっしゃいませんでした？」

「当時の私自身はそうだったけれど、一般論としては、よくある行動だからね」

「よくあるんですか……」

自分の彼氏もそうなんだろうか、という疑念にでも駆られているのだろうか。もしそうなら可哀想《かわいそう》なことをしてしまった。

「無論、こういうことは人それぞれだから、過度に心配する必要はないよ。ともあれ、下品にならないように注意しながら、説明しようか」

「お願いします」

ひょこん、と頭を下げた。

「最初に言っておくと、お姉さんは、会社の仕事はきちんと続けていた。会社が終わってから帰宅するまでの数時間、そこで働いていたんだ。これはよくある就業形態で、〈シフォン〉のキャストは大半が学生か、他に本業のある社会人で、副業として店で働いていた」

「キャスト？」

「女性従業員、平たく言えば風俗嬢のことだ。〈シフォン〉ではそう呼称していたんだ」

「分かりました……姉が毎日帰宅が遅かったのは、会社で残業してたわけじゃなかったたんですね」

「そういうことになるね」

「その、他でちゃんと働いてる人が、そういうお店でも働くのって、何が理由なんでしょう。やっぱり、お金ですか？」

「大概はそうだろうね。実際、お姉さんには、まとまった額のお金を稼ぎたいという事情があった」

その「事情」を、果たしてこの妹は姉から聞かされていただろうか？　聞いていなくても、姉が亡くなったのなら嫌でも知ることになった筈だが――

「ところで、亡くなる前のお姉さんに、何か変わったことはなかったかな？　体調とか」

「そうですね……ちょっと具合が悪そうな日が多かったですけど。それが何か？」

「その理由、たとえば病名みたいなこととか、そういうのは、君は分かってるのかな？」

なるべく何気ない自然な口調を心がけて質問した。

穂乃花はすぐには答えなかった。病名、と独り言のように呟《つぶや》き、探るように私の顔を見る。さらにひと呼吸置き、質問に質問で返してきた。

「益田さんは、ご存じなんですか？」

私も、ひと呼吸置いてから頷《うなず》いた。

「知っている。お姉さんから直接聞いたよ。だが万が一、君が知らないのなら、私の口から言っていいものか、少々迷っているんだ」

「そうだったんですか」表情が和らいだ。「だったら、気にしていただかなくても大丈夫です。よく分かっているつもりですから」

穂乃花の回答に、胸を撫《な》で下ろした。

「それなら、私も気が楽だ。自分だけが秘密を抱《かか》えているのは、気が重いものだからね」

「分かります。あたしも、人に言えないことがある時って、頭の中がそれで占められちゃって、いきなり『王様の耳はロバの耳』みたいに爆発しそうになったりしますもん」

緊張が解け、笑顔が戻った。この可愛らしい娘が抱いている秘密とは、どんなものだろうか。そんな関心が私の中を過《よ》ぎった。もしかしたら――

私の内心の動きなどまるで気にしない様子で、穂乃花が発言を続けた。

「姉がお店で働いていたのは、やっぱり、そのことでお金が必要だったんでしょうか」

「そういうことだね。とにかく順を追って話していこうか」

穂乃花はこくっと頷いた。

＊　＊　＊　＊

〈シフォン〉はホテルヘルス、略してホテヘルと呼ばれる業態の店だ。

利用客は店に所属するキャストから好みの女性を選んで指名し、一定の時間、近隣のホテルでキャストから性的サービスを受ける。指名は店のウェブサイトに掲載されたキャストの写真を見て予《あらかじ》め電話で伝えてもいいし、店頭に出向いた際に選択することもできる。もっとも、店頭と言ってもそれらしい店構えがあるわけではなく、雑居ビルの一室の単なる事務所といった風情の場所だ。受付と会計を行う最低限の店員がいるだけである。同じ業態でも店によって若干の相違はあるようだが、〈シフォン〉では概《おおむ》ね次のような段取りとなる。客は店頭で受付と会計を事前に済ませた後、店が指示した「待ち合わせ場所」へ移動する。店は近場の複数のホテルと契約しており、それらと連絡を取り合って客のために空室を確保する。一方、キャストは事務所内ではなく同じビルの他の部屋で待機しており、指名がかかれば待機部屋を出て待ち合わせ場所へ向かい、客をエスコートして確保されたホテルへと赴《おもむ》く。

利用料金はサービス提供時間の長さに応じて定められている。開始時と終了時に、キャストは店に電話連絡を入れる。利用時間順守のためだろうが、密室で見知らぬ男性客と二人きりになるキャストの安全確認のためでもあるようだ。

私が最初に〈シフォン〉を利用したのは去年の五月。キャストは誰でも良かったから事前に指名はせず、選択は店に任せた。

来てくれたのは〈あい〉という名前で、底抜けに愛想が良くお喋《しゃべ》り好きの二十二歳のキャストだった。性風俗を利用するのは初めてだからその時は基準が分からなかったが、その後何人かのキャストに相手をしてもらって、この〈あい〉が非常に高度な性的サービスの技量を有したキャストだったと分かった。おそらくかなりのベテランなのだろう。

　もっとも、技量が高度なだけがキャストの魅力ではない。〈りこ〉は芸能人のような容貌の美しさが大きな武器だったし、〈みゆき〉は会話で客の気分を盛り上げることを得意としていた。すらりとした長身の〈なみ〉は若さに似合わぬ気遣いが心地よく、私はうっかり本気で好きになりかけた。客はそれぞれ、各自の好みに応じた要素を持つキャストを指名すればいい。

　しかし、大半の利用客が興味を持ち、指名対象として考慮する属性がある。それが「新人」だ。男は誰しも、基本的には征服欲を有している。新人キャストは、自分の思うままに御することが出来るのではないかという期待を抱かせてくれる。新人が入ればとにかく一度は指名してみる、という常連客はけっこういるようだ。

　私も、まだ数回の利用で常連の域には達していなかったが、ご多分に漏れず新人を指名してみた。七月の初めだったと思う。その前月から、ウェブサイトに〈さくら〉という名前のキャストが、「初々しい新人が入店しました!」のキャプションを添えて掲載されていたのに目をつけていた。

　新人という説明は「その店では新人」というだけで、つい先月まで他店で働いていた経験者だったりするのがこの業界では常識らしいが、〈さくら〉は正真正銘の新人だった。

その日の夜九時前、会社帰りの私は、〈シフォン〉の受付で指示された待ち合わせ場所であるハンバーガーショップの前で〈さくら〉を待った。指定時刻になり、スマートフォンにワン切りが入った。キャストが接近してきた合図だ。

「初めまして、〈さくら〉でーす。お待たせしました」

軽い調子で挨拶しながら視界に入ってきたのは、街ですれ違った男は十人が十人とも振り返るであろう美貌の持ち主だった。店のウェブサイトに掲載されているキャストの写真は、いわゆる「身バレ」を防止するための加工によって素顔が判然とせず、実物を見て驚かされることも多いのだが、〈さくら〉に関しては逆の意味で驚いた。

「初めまして。あんまりきれいなので、驚いたよ」

思ったことを素直に告げた。〈さくら〉は、「よく、言われます。なーんて」とおどけてみせた。見た目はモデル然としたアダルトな美形なのに態度や言葉遣いが妙に軽いのがアンバランスで、少し戸惑ったが、そのギャップが〈さくら〉の魅力なのだろうと理解することにした。

〈さくら〉は私の腕を取ると軽く体を預け、「さ、行きましょ」と誘導した。ホテルまでの道のりは五分程度で、その間〈さくら〉は私に甘えるように「呼んでくれて嬉しい」「優しそうな人でよかったぁ」などと盛んに話しかけてきた。

部屋に入り、ソファの横にバッグを置くと、「入りました」と店に電話をし、私の隣に腰を下ろした。

「じゃ、あらためて、よろしくお願いしまーす」

二人してソファに座ると、〈さくら〉は私の手を取って自分の太腿《ふともも》の上に載せ、会釈をした。艶のある長い髪が頬《ほお》の周囲で揺れた。

「先月入ったばかりなんだって？」

「そうなんです。まだ全然慣れなくて。それなのにご指名、ありがとうございまーす」

ニコニコとよく笑う。きれいな笑顔だ。見とれていたら、いきなりキスをされた。

「今日は、頑張りますね」もう一度キスをする。「お風呂《ふろ》の支度、してきまーす」

〈シフォン〉は「素人っぽさ」を売り物にしているので、接客の内容はある程度キャストの自由裁量に委《ゆだ》ねられているが、おおよその手順は決まっている。まずシャワーで体を洗う。同時に歯磨きとイソジンで口内も洗浄する。それからベッドに移ってサービスを受ける。最後に再度シャワーを使い、終了となる。

〈さくら〉は、オーソドックスな手順どおりにことを運んでいった。私に手伝わせて自分の着ている衣服を脱ぎ、それから私のスーツを脱がせてくれた。スーツとシャツをハンガーにかけ、下着や靴下はきちんと畳み、浴室へ入って所定の準備をこなした。

〈さくら〉の裸体は、みごとと言うほかはなかった。張りのある両の乳房、滑《なめ》らかにくびれた腰、計算されたような丸みを帯びた尻《しり》の双丘、嫋《たお》やかな上肢と神々しさを湛えた下肢、肩の曲線、鎖骨の窪《くぼ》み、背中の肉付き、全ての部位が美しく造形されていながら、過度に自己主張をせず、共通の目的の下に集《つど》ったかのように、落ち着いた均整を形作り保っている。雑誌のモデルをしていたことがあると後になって知ったが、成程と思った。

私は思わず、自分は決してこんなことは言わないだろうしそれを言う人間の気が知れない筈だった質問を口にしていた。

「〈さくら〉ちゃんは、どうしてこんな仕事をしてるの？」

口にしてしまってから、何と俗物なのだろうと我ながら呆《あき》れた。

「えへへ、それは、言わない約束です」

笑いながら答え、〈さくら〉は私の体を洗った。

バスタオルを体に巻いてベッドへ移動し、少しの間は何くれとなく雑談を交わしていたが、そのうちタオルをはだけて絡み合った。

〈さくら〉のサービス技術は、新人らしく新鮮味はあったが、必ずしも満足のいくものではなかった。不慣れなのでぎこちなく、思い切りに欠けるためだろう。特に、体位や触れる場所を変える際の流れがスムーズではなく、合間合間で興奮が若干醒《さ》めることがあった。

私は対価を支払ってサービスを受ける側なので、〈さくら〉の拙《つたな》い手技に対して不満を覚えたとしても、非難される謂《いわ》れは皆無である。

——と、以前の私ならそのように考えたことと思う。けれど今は、不慣れながらも懸命に私を満足させようとしている〈さくら〉が、意地らしく感じられ、愛《いと》おしくてならなかった。

おそらく、離婚を通じて、自分が思い描いていたほど理想的でも完璧でもなかったことを知らされた私は、不完全なもの、拙いもの、発展途上のもの、そういったものを率直に認め、受け入れることが出来るようになったのだと思う。

何とかひと通りのサービスを終えると、〈さくら〉は洗面所に立って嗽《うがい》をし、濡《ぬ》らしたタオルを持ってきて私の体を軽く拭《ふ》いた。

「気持ち、よかったですか？」

「ああ、良かったよ」

相変わらず明るい口調で言いながら、添い寝の姿勢を取る。

私は簡単に答え、最初から気になっていることを尋ねた。それは、彼女の意地らしさに愛すべきものを感じ、惹《ひ》かれ始めていたゆえの、私なりの労《いたわ》りだった。

「何か、無理をしてるんじゃないか？」

「えー、してませんよ？　エッチなこと、大好きですし」

「ああ、そういう意味じゃないんだ」

性的な行為が嫌いでこの仕事に就《つ》く女性は少ないだろうが、もし、嫌いではあるが必要があって無理にこの仕事をしているのだとしたら、それを「無理をするな」と諭《さと》すことは、彼女の意志と覚悟を蔑《ないがし》ろにするようなものだ。「無理はしていない」という強がりを、黙って享受してやるべきであろう。だが、私が指摘した「無理」は、別のことだ。

「誤解なら許してほしいんだが、その軽くて明るい態度は、君の本来のものではないんじゃないか？　仕事用のペルソナとしてそれで押し通すつもりなら、私も何も言わないけど、君が嫌じゃなければ、私は、素の君と接したいし、サービスを受けたい」

ベテランのキャストなら、こんなことを言われても、内心で「素の自分なんて出すわけないじゃない、このオッサン馬鹿《ばか》なの？」ぐらいに思いながら、適当な返事を寄越《よこ》したかも知れない。しかし〈さくら〉は、まだそこまで割り切っていないと私は感じていた。

〈さくら〉は、外国語で話しかけられたかのように、ぽかんと表情を固定させた。そして、今の言葉の真意を探ろうというのか、私の口元をじっと見つめた。

それから、こう言った。

「この仕事をしていてお客さまにそんなことを言われたのは、初めてです」

「だろうね」

「どうしてそんなことを思って、どうしてそんなことを言うんですか？」

私の依頼に対する諾否《だくひ》はまだ明言していないが、その声や口調や言葉遣いが既に返答として機能していた。落ち着いた声、ゆっくりとした理知的な口調、丁寧で構文的な言葉遣い。さっきまでの〈さくら〉とは別の人格のようだった。

「根拠はないけれど、直感的にそう思った。この仕事が楽な仕事ではないのは分かるから、せめて性格や態度を偽る労力は省いて少しでも楽になってほしい。だから言った」

「お気遣い、ありがとうございます」

〈さくら〉は密着させていた体を少し離し、私の顔を見て瞼《まぶた》を大きくゆったりと閉じてゆったりと開いた。会釈の代わりなのだろうと見当がついた。

「いちばん初めについたお客さまが、弾けた感じの女の子が好きみたいだったので、ついそんな風に振る舞ったら、たぶんそのお客さまだと思うんですけど、お店のウェブサイトの投稿コーナーに『見た目とキャラのギャップに萌《も》えた』って書かれてしまって。以後、それを期待して指名されてるんじゃないかと思うと、迂闊《うかつ》にやめられなくなってしまったんです」

仕事の失敗を弁明するみたいにそう言い、〈さくら〉はクスクスと小さく笑った。

「それは疲れるだろう」

「求められるものを常に提供できる自分でありたい、っていう規範意識が強すぎるんですね、きっと。そういう性分なので、仕方ないんです」

「少なくとも、私は君にはそういうものは求めないから、提供もしなくていいよ」

「それは、今後も指名してくださるってことですか？」

「君が嫌じゃなければ」

「新人だし、まだ下手《へた》ですよ」

「そこがいい、というのもあるからね」

「それじゃ、あまり上達しないほうがいいですか？」

「とにかく自然体でいてほしいな。求めるとしたら、それだ」

「努力します」

〈さくら〉はきっぱりと言い切り、私も「頼んだよ」と応答した、それから、

「今の会話は、なんだか、会社で部下に仕事の説明をしてるみたいな気分だよ」

「お嫌ですか？」

「そんなことはないよ。むしろ楽しんでるかな」

「お店のオプションサービスのコスプレで『秘書』っていうのありますけど、次回、ご利用になります？　二千円」

〈さくら〉はわざとらしく言った。営業トーク半分、ジョーク半分の絶妙な言い方だった。

「ますます気に入ったよ」

私が言うと、〈さくら〉は「ありがとうございます」と囁《ささや》いて、ゆっくりと唇を重ねてきた。

3

「その〈さくら〉さんが、姉だったんですか？」

穂乃花は目を丸くして尋ねた。

「そうだよ。本名を教えてくれたのはずっと後になってからだったが」

「なんだか、最初のうち、ぜんぜん別人みたいで、益田さんいったい誰の話をしてるんだろう、って、実はちょっとイラッとしちゃいました。ごめんなさい」

ちろっと舌を出した。

「それはすまない。最初に、お姉さんは〈さくら〉という名前で店に出ていた、と前置きをすべきだったね」

「そういう名前って、どうやって付けるんですか？　自分で考えるのかな」

「店によるみたいだね。〈シフォン〉では、平仮名三文字または二文字で、店長が適当に付けるらしい。それがどうしても気に入らなければ変更はしてくれるようだが」

「〈さくら〉かぁ……気に入ってたのかな」

穂乃花は斜め上に視線を飛ばして、しばし考えごとをしているようだった。会話が途切れている間、私はドリンクを口にしながら、穂乃花の顔を見るともなく眺めていた。その視線に気づいたのか、不意に首をぶんぶんと左右に振った。

「すみません、ぼーっとしてて」

「精神的にくたびれたんじゃないか？　何人かにヒアリングをしてるんだろうけど、こんな話を聞かされるのは初めてだろうし、気分の良いものでもないだろうしね」

「ええ、まあ。けど、何ていうか、ちょっとドキドキしました。姉って、両親にとって自慢の娘で、あたしはまあ、そうでもなくって、姉のこと、尊敬してたし憧《あこが》れてもいましたけど、何でそんなに完璧なの、ってやきもち焼いてた部分もあって、でも益田さんのお話聞いて、姉も人間だったんだなあって思えて、前より姉のこと、好きになってるかも知れません」

「それならいいんだが」

「でも、死んじゃった後でこんな気持ちになっても、意味ないですね」

穂乃花は自嘲《じちょうてき》的に呟いた。

「そんなことはない。たとえお姉さんに届かなくても、君の気持ちは大切にすべきだ」

「はい……」

上下の唇を口の中に巻き込むように噛《か》む。自問自答しているのだろう。

「話を続けてもいいかい？」

「あ、お願いします」

「キャストは普通、個人的な事情は客には明かさないものだろうけれど、お姉さんは、私が何度か通っているうちに胸襟を開いてくれるようになった」

＊　＊　＊

〈さくら〉とは、週に一回程度会う関係になっていた。会う関係、などという表現はプライベートで交際しているみたいに聞こえてしまうが、実際には〈シフォン〉で彼女を指名して六十分なり九十分なりをホテルで過ごすというだけのことだ。彼女は本名を明かしてくれていないし、私も益田という姓を名乗っただけで、それすら彼女から見れば本名なのか偽名なのか判断はつかないわけだから、二人の関係は匿名性のベールに守られたキャストと客とであるに過ぎない。

しかし、ホテルのベッドで交わされる会話は、徐々にプライベートな色彩を帯びてきていた。同時に、性的サービスに費やす時間の割合は減少していった。時には、体を洗ってベッドで抱き合うだけで、後は全て会話に終始することもあった。だったら何も裸になる必要もなさそうなものだが、金銭と性的サービスを交換するために全裸になるという、いわば羞恥《しゅうち》をかなぐり捨てた状況が、私と彼女の会話には必要だったのだと思う。

無論、〈さくら〉は容易に個人的な事情を明かさなかったが、初対面の時に投げかけた質問に対する回答は、少しずつ明らかにしてくれていた。

「やっぱりお金が要《い》るなあ、って思ったんです。いろいろあって」

三度目に指名した時だった。天井を見上げた姿勢で、不意に〈さくら〉は口にした。

「いろいろ、か。あまり立ち入って聞かないほうがいいかな」

「そうですね。また、そのうち」

「いいよ。君の気が向いた時で」

私は横臥《おうが》の姿勢で、頭を肘《ひじ》で支えて彼女のほうを見ていた。少し斜めの角度から見る横顔は、美しい憂いに満ちていて、初めて会った時のあの明るい娘とは完全に別人の趣きだった。こちらのほうが圧倒的に魅力的だ。

〈さくら〉は私の視線がこそばゆかったのか、自分も顔を横に向けて私を見つめ返した。

「あまり思わせぶりなのもよくないですね。平たく言うと、悪い男に貢いじゃった、ってところです。あ、借金背負って、というほどじゃないから、ご心配なく。ただ、今まで貯めてきた分、ほとんど吐き出しちゃって」

「今もつき合っているのか？」

「別れました。もう三か月ほど前」

「それは良かった」

「でも、とんでもないほど落ち込んだんですよ。どちらかというと、わたしのほうがふられた感じで」

「君をふるとは、なかなか剛毅《ごうき》な男もいたもんだな。卑猥《ひわい》な言い方ですまないが、この魅力的な肉体をよくぞ手放す気になったものだ」

空いているほうの手で〈さくら〉の髪を撫で、それから乳房を撫でた。彼女は、ふ、と吐息を漏らした。

「それ、言わないでください。わたし、これで」乳房の上にある私の手を自分の手で押さえる。「彼を引き留めようと努力したんです。でもダメでした」

「それはまた大胆だな。しかし性的魅力では引き留められなかったということか。彼は堅物だったの？」

「ぜんぜん。ただ、彼がわたしに求めていたのは、生身の女じゃなかったんです。偶像、っていうんでしょうか」

彼女は、自分がかつてモデルをやっており、つき合っていたのはフォトグラファーだったことを明かした。写真家として成功するための道具として、〈さくら〉を欲していたらしい。何とも勿体《もったい》ない話だと私は思った。

「でも、わたしも彼のことを非難はできないんです。本当に彼のことを好きだったのか、最後のほうは分からなくなってましたから」

「体を武器にしてまで引き留めようとしたんだろう？　よほど、惚れた弱みというやつがあったんじゃないのか」

「どうでしょうね。自分を認めて称揚してくれる対象として、彼を必要としていただけなのかも、って思ったりするんです」

「承認欲求としてのセックスか。偶像のほうで繫ぎ留められなくなってきたから、せめて生身のほうで、と思ったのかな」

「そんなところです。一応、自分の見た目の魅力は、自覚してないこともないですし」

「そんな持って回った言い方をしなくてもいいんじゃないか？　顔も体も、とてもきれいだ。過度の謙遜《けんそん》は、聞く人によっては嫌味に取るかも知れないよ」

「ありがとうございます。気をつけます。でも、彼に対しては有効じゃなかったのも事実ですから」

この日は、この後まるで別の話題に移っていったので、〈さくら〉の身の上話はここまでだった。

私のほうは、初めて指名した時から折に触れて自分の身の上話を散発的に聞かせていた。〈さくら〉の警戒感を解こうという思いからだった。ただ、離婚にまつわる経緯以外は単なる自慢話になってしまいかねないので、語るべきことはあまり多くはなかった。

離婚の経緯についても、自分の中にどうしても蟠《わだかま》りがあり、つい言葉を濁してしまう部分があった。

「そうだったんですか……それはお気の毒です。でも、赤ちゃんができなくてつらかったのは、益田さんよりも奥さまのほうだったんじゃないかって思いますよ。奥さまはあまり拘りがなかった、っておっしゃいましたけど、たぶん違うと思います」

〈さくら〉は、妻に対して同情的だった。

「そうかも、知れないな」

曖昧《あいまい》に答えた。曖昧にしか答えられなかった。事実は〈さくら〉の言う通りだ。私が理想的で完璧な人間だったら、妻を苦しめることもなかったのだ。

次に指名した時、〈さくら〉は前回の続きを話した。

「この前、益田さん、『承認欲求という言葉、使いましたよね。覚えてます？』

「覚えてるよ。彼氏に自分の価値を認めさせたくて、という話だったよね」

「ええ。認めてもらえなかったんですけどね。でも、このお仕事を始めたのは、きっとそのせいなんです」

恋人との苦しい別れの後、〈さくら〉は失意に打ちひしがれた。それは愛する人に別れを告げられた悲しみよりもむしろ、自分が無価値な存在だという疑念に心が埋め尽くされたからだったという。

「今から思えば自分でも驚きなんですけど、もう死んじゃおうかな、死んだほうがいいかな、なんて思い詰めてました。仕事もあるし、妹と住んでる部屋の家賃稼がないといけないし、そんな現実がわたしを引き戻してはくれましたけど」

「希死念慮《きしねんりょ》か。若い女性には珍しいことじゃないけど、よく戻ってきてくれたよ」

「そんな時、スカウトされたんです。ここに」

〈さくら〉はベッドシーツを人差し指できゅっと押さえつけた。

「冷静なときだったら、そんなの一蹴《いっしゅう》したかも知れませんけど、その時は、自分を求めてくれる、必要としてくれるものにならなら、何でも容易になびいてしまう心境でした。というか、こうなって初めて、自分の中にある渇望をはっきりと自覚した感じですね」

「そのおかげで、私はこうして君と会えたわけだ。感謝だな」

「わたしもです」

〈さくら〉の本質を見抜き、それを引き出して愛することができているのは、〈シフォン〉の利用客の中でも私ぐらいのものだろう、と悦《えつ》に入《い》っていた。

　だが、八月下旬ごろになって、〈さくら〉の様子が少し変わってきた。時おりふと、ほんの一瞬だが、意識がどこか遠くへ行ってしまっていることがある。何か思い悩んでいることがあるのだろうと察せられた。

「親って、何なんでしょうね。子どもに対する気持ちとか」

　唐突にそんなことを口にした。私が返答に窮していると、

「あ……ごめんなさい」

「いや、いいんだ。親御さんと何かあったのか？」

「わたしじゃなくて、友だちが……友だちって言っていいのか、分からないんですけど」

〈さくら〉はそこで言葉を切り、しばし沈黙した。私は口を挿まなかった。会話の相手の発言を待っている時の沈黙と、自分の言葉を整理している時の沈黙と、〈さくら〉には二種類の沈黙があって、私はその区別がつくようになっていた。

予想通り、後者だった。

「ふとしたことで知り合った男の子なんですけど、出来のいいお兄さんと比べられて、両親に疎《うと》んじられてる、って悩んでたんです。本人は『もう、どうでもいい』なんてことを言うんですけど、親の気を引くためにわざと悪戯してるみたいなところが痛々しくて、慰めてあげたくなってしまって。あ、これが母性本能か、って感じました」

「いくつの子？」

「十七歳。高校三年生ですね。本人、自覚ないけど、わりとイケメンです」

「それは……君は彼に惚れられるんじゃないか」

「もう、そうみたいです」〈さくら〉は形容しようのない複雑な笑顔を見せた。「むしろ、そうなるように仕向けてました」

「なんでまたそんなことを？」

「何の打算もなく、真っ直ぐわたしに好意を向けてくれるのが嬉しくて」

前の男から承認を得られずに捨てられた反動だったのだろう。男という性に対する復《ふく》讐心《しゅうしん》のような感情もあったのかも知れない。初心《うぶ》な男の子なら自分の好きなように料理できる、と。〈さくら〉に秋波《しゅうは》を送られたら、そんじょそこらの高校生男子などひとたまりもなく陥落《かんらく》したことだろう。

「こんなことしてちゃダメだと思いながら、でもやめられないんです」

「この仕事のことは、彼は知らないよね」

「普通の会社員か何かだと思ってるはずです」

私はこの件についてどう論評してよいのか、摑《つか》みかねた。〈さくら〉のしていることを肯定してやればよいのか否定すべきなのか。彼女が心に負った傷は理解できるしその代償を求める感情も納得できる。しかしその媒体として選ばれた男の子の人生において、〈さくら〉とのことはどんな意義を持つのだろう。

あと、私はこの時、見も知らぬ男の子に対して軽い嫉妬《しっと》を覚えていたと思う。

「可愛いんです、彼。わたしのことに一生懸命で。何の疑いも持たずに信じてくれて、慕ってくれて。それで気づいたんです。わたし、たぶん、子どもがほしい」

「誰の？」

咄嗟《とっさ》に質問したが、ずいぶん頓珍漢《とんちんかん》な質問だったと思う。

「誰でもいい……というわけでもないですけど、相手が誰というより、わたし自身がほしいんです。絶対的に自分を頼って、認めてくれる存在。それがあれば、わたし、何があっても生きていけると思う。あの子の両親みたいに、わが子を蔑ろになんて、絶対しない」

〈さくら〉は、宣言するようにきっぱりと言った。

「それに、益田さんの奥さまのお話を聞いて、思ったんです。子どもを産めるのは女の特権だけど、悲しいかな、その特権を授かれなかった人もいる。わたしが無事にそれを授かっているなら、早く行使したい。そう思えたんです」

「今つき合ってる男性はいないんだろう？」

「ええ。でもいいの。シングルマザーも覚悟の上です。むしろ男の人には、赤ちゃんさえ授けてくれたら、それ以上わたしの人生に介入してほしくないかも。そのためにも、稼げるうちに稼いでおかなくちゃ。このお仕事、始めたきっかけは前にお話ししましたけど、今も続けている理由は、むしろこっちのほうがメインかも、ですね」

重い話題の筈なのに、口調が妙に明るい。危《あや》ういな、と感じた。今の〈さくら〉は、初めて会った時に彼女が意図的に作っていたペルソナに少し似ている。問題は、今は意図的にではなく、自然にそうなっているということだ。〈さくら〉本人も自覚していないだろうが、人格に綻《ほころ》びが生じ始めている気がする。

「そうだ。益田さん、いかがですか？」

「何がだ？」

「わたしに赤ちゃんを授けてくれる人に、なりません？　益田さんなら信頼できそうだし、良い意味で後くされなさそうだし」

ずいぶん軽い調子で〈さくら〉は言う。私は面食らった。普段の彼女なら、こんな重大なことを軽口のようには言わないだろう。

本気なのか冗談なのかは分からない。仮に本気であっても、こんな申し出を受けることはできない。

「お断りさせてもらうよ」

「……そうですよね。ごめんなさい。なんかハイになってしまって。迷惑ですよね」

「違う。気持ちは嬉しいが」

そう、気持ちは嬉しい。それは嘘《うそ》ではない。

「私は、無精子症なんだ」

4

穂乃花は、あの時彼女の姉がそうしたように、目をぱっちりと見開いて私を凝視した。

私は念押しの意味で大きく頷いた。

「不妊だったのは妻ではなくて、私のほうだったんだ」

——私が恵を罵ったことを聞いた義母は、彼女を擁護して、「そういう良一さんこそ、ご自身を調べてみたらどうなの？」と私を難詰《なんきつ》した。そんな無様な検査など受ける気はなかったが、恵も尻馬に乗って強く主張してきたので、渋々受けることにしたのだった。

結果は明白だった。私が女性を妊娠させる可能性はゼロだと診断された。

恵と義母は、嵩《かさ》にかかって私を責めたてた。私の両親は、やや私に同情的ではあったが、それでもやはり私に非があると言った。私には味方がいなかった。

そして、私自身も味方ではなかった。このような致命的な欠陥を内包していた自分を許せなかった。だから恵が離婚を申し入れてきた時、一切反論せずにそれを受け入れた。

「あの時は反論する気力もなかったな」

「よほど、ショックだったんですね」

穂乃花が気の毒そうに言った。

「もし私が健常なら、お姉さんとの関係も変わっていたかも知れない。この体のせいで、大切な女性を二人も失ったことになる。そう思うと、本当に自分の体が恨めしいよ」

妙にしんみりしてしまった。それを誤魔化すように腕時計を見た。午後十時三十分。さすがに日付が変わる前には穂乃花を帰宅させてやりたい。

「話を続けよう。お手洗いは大丈夫かな」

あ、それじゃ、すみません、と言い置いて穂乃花は席を立った。

店内を見回すと、高校生の集団は既にいなくなっており、替わって生活に余裕のありそうな老夫婦が席を占めていた。ゆったりと語り合っている。二人とも自然な笑顔だ。ここまでの人生で多くの苦難を乗り越えてきたのだろうな、と思う。

私は将来、あんな老人になれるだろうか。恵はどうだろうか。

＊　＊　＊　＊

〈シフォン〉のキャストは出勤日を自由に決めることができる。毎日働いてもいいし、週に一回でも可だ。ほとんどのキャストは専業ではないので、毎日出勤するほうがむしろ稀《まれ》である。

同様に、勤務時間も自由だ。店舗の営業時間は午前十一時から深夜一時までで、その間で好きな時間帯だけ出勤して待機する。指名がかかればホテルに出向くし、時には一本の指名もないまま一日を終えることもある。

「そんな日は滅多にないですけど。台風の日ぐらいだったかな」

〈さくら〉はそう言って笑っていた。それはそうだろう。彼女の美しさを一度見ればリピートしたくなるのは当然だし、〈シフォン〉の利用客の間でも自然と評判は広まっていた。

土日も含めて週三回ないし四回、午後七時から十一時半までが〈さくら〉の基本的な出勤パターンだが、曜日は流動的で、時間も本業の状況によって左右されることがある。日曜は残業がよくあるらしく、〈シフォン〉への出勤が八時以降になったりした。私はだいたい午後九時からの予約を取ることが多かった。

キャストたちには女性特有の生理休暇があり、月に一度は必ず数日間休む。出勤がまばらなキャストは、店のウェブサイトの出勤予定表を見ても、何日か続く「休み」が単なる休みなのか生理休暇なのか判然としないが、〈さくら〉の出勤は中二日よりも長く空くことがなく、数日続く生理休暇はすぐにそれと察することができた。

「昔から、きっちり二十八日周期で狂ったことがないんです。こんなところまで規範的で、自分でも笑っちゃいます」

そんなことを言っていた。例えば八月は十五日から六日間がそれだったので、

「九月は十二日からですし、十月は十日からです」

「じゃあもう予めスケジュールに書いておくよ」

などと会話した記憶がある。実際に私は、スマートフォンのスケジューラに彼女の生理休暇を半年先まで記入していた。

九月の生理休暇が明けて最初の出勤日、例によって午後九時の予約を取った。その日は珍しく七時から九時までは指名が入らなかったらしく、私が第一号だった。

「休暇のたび、また卵子をひとつ無駄にしてしまったな、なんて思ってしまいます」

添い寝しながら〈さくら〉は呟いた。

「まだ二十三だろう？　焦る必要はない」

「もう二十四ですよ。お店のサイトが更新されてないだけです。たぶん、ですけど、みんな入店時の年齢そのままで、いっさい更新していないみたい」

とするとあの高度な技術を誇る〈あい〉は、現在はもう二十二歳ではないのだろう。

〈さくら〉が私に精子の提供を持ちかけ、私が無精子症であることを明かしてから、二人の間の距離がいっそう縮まったように感じていた。〈さくら〉は「言いにくいことを言わせてしまってごめんなさい」と恐縮したが、私はむしろ気が楽になって、言いにくいことを躊躇せず言えるようになっていた。

「決して勧《すす》めるわけじゃないが、店の客なら誰だって君に惚れこんでいるだろうから、妊活の相手には事欠かないんじゃないか？」

言外に「そんなことをすべきではない」というニュアンスを込めたつもりだった。〈さくら〉は無事にその意図を酌《く》んでくれた。

「人生には介入されたくないけど、だからって誰でもいいってわけじゃありませんから。やっぱり、それなりに信頼できる人じゃないと。キャストのわたしが言うのも変ですけど、風俗のお店を利用する人はちょっと」

「しかし私には声をかけたじゃないか。まあ私はそれ以前に問題外だが」

「益田さんが例外なだけです」

「よく分からないな。それに、信頼できる人となら、ちゃんと交際すればいいだろう？」

「怖いんですよ」肩を竦《すく》める。「男性を好きになるのが、もう、怖いんです」

「春先に別れた写真家のトラウマか」

「それもありますけど……」

もう一人、〈さくら〉には忘れられない男がいた。学生時代につき合っていた彼氏だという。向こうの浮気が原因で喧嘩《けんか》別れしたのだそうだ。

「君はほとほと男運が悪いようだね」

「かも知れません。けど、実際には、浮気はわたしの誤解だったみたいです」

「誤解が解けたのなら、やり直せるんじゃないのか？」

「もう二年近く前のことですし、それに……結果的に、わたしのほうが先に彼を裏切ることになってしまったから。当時は、誤解しても当然の出来事だったけど、もっと冷静になれていたら、とも思います」

聞けば、最近になってその彼から連絡があり、久しぶりに再会したのだという。

「今でも彼を好きなの？」

「もう、分かりません。嫌いではないです。でも、今のわたしはこんなだし、もう手遅れですね。今さら時間は巻き戻せません。あの出来事さえなければ……」

打ち沈んだ表情も男心をそそるものがあるが、それはともかくとして、私はその彼にも嫉妬を覚えざるを得なかった。〈さくら〉は認めないだろうが、おそらく心の奥底には彼を慕《した》う気持ちが残っているはずだ。また裏切られたら、という恐怖心が払拭《ふっしょく》できないがために、その思いに蓋《ふた》をして、気づかないふりをしているのだろう。

なぜ敵に塩を送るような真似《まね》を、と自分でも呆れながら、提案してみた。

「彼に頼んでみたらどうだい？　その……子どもの父親」

〈さくら〉はかぶりを振った。

「考えたことありません」

「どうして？　むしろ第一候補じゃないか」

「他にいい人がいると思います。確証はないけど」

「しかし、彼のほうから連絡を取ってきたんだろう？」

「そうなんですけど、彼、ストーカーに悩まされてるみたいで、わたしのことをそうじゃないかと疑って連絡してきたんです。疑いはすぐに晴れましたけど、ショックでした」

その後、〈さくら〉から彼に連絡を取ったことはないが、彼からは誘われて二度ほど会ったという。

「彼が何を考えてるのか分からなくて。お互い、どんな態度で接したらいいのか摑みかねていて、すごくぎこちなくて、落ち着かなくて、楽しくも何ともないはずなのに、どうして声をかけてくるんだろう、って」

「詳しい経緯は分からないが、いま君から聞いた内容から推察する限り、彼はまだ君のことを憎からず思っているんじゃないかな」

　また敵に塩を送ってしまった。

「かも知れません。でも、それを期待して、そうじゃなかったら、わたし、たぶん、もう、耐えられない。だから、期待なんか、しない」

　乾いた声で言い、自嘲的に笑う。かなり強固な蓋をしているようだ。

「怖がり屋さんだな」

「怖さに目をつぶって飛び込めるほど、もう若くはないです」

「ひと回り以上年かさの私の前でそれを言うか」

「すみません」

　今度は、ちゃんと楽しげに笑った。

「じゃあ、君にとって怖くない相手と言ったら、例の高校生の男の子ぐらいのものか」

「そうですね。夏休み終わったからあまり会ってないんですけど、たまに会うと、もう仔《こ》犬《いぬ》みたいにわたしのことを慕ってくれて」

「襲われるなよ」

「それは、だいじょうぶです。仔犬ですから、わたしに逆らうようなことはないです。そこは信頼できます」

随分な言い方だが、その子の存在がある意味で今の彼女を支えているのだと思うと、それを非難する気にもなれなかった。

しかし、私は〈さくら〉を非難すべきだった。結果的には事なきを得たが、〈さくら〉はこの時、実に危ない橋を渡ろうとしていたのだ。

十月の生理休暇明け、〈さくら〉は「またひとつ、無駄になってしまいました」と言った。

「何がだ?」

「ですから、卵子」

「無駄も何も、君が信頼を置くに足る相手がいないのでは、仕方ないじゃないか」

私の言葉に対し、しばしの間〈さくら〉は何も答えなかった。沈黙が続くうち、彼女の無言が意味することに思い当たった。

「まさか?」

彼女はこくりと頷いた。

「ちゃんと日を計算したんですけど、でも、ダメでした」

「ちょっと待ってくれ。ダメも何も、そもそも相手は未成年だろう？」

「彼には明かしません。授かったら、彼の前から姿を消すつもりでしたし」

「そういう問題じゃない」

止めなくてはなるまい、と思った。こんなことを続けていては、彼は無論のこと、彼女自身にとっても良くないのは明白だ。

「その彼とはもう距離を置いた方がいい。双方のためにならない。妊娠したら別れるつもりだったと言うが、妊娠していようがいまいが同じことだ」

強い調子で言った。ほとんど怒鳴り声になった。〈さくら〉はビクンと肩を震わせ、首を竦めた。

「益田さんでも、怒ることあるんですね」

「当然だろう。怒る時には怒るさ。君は彼より大人《おとな》なんだから、大人としての責任を果たしなさい。最後はちゃんと悪者になってあげること。いいね？」

〈さくら〉は少し思案して、それから思いがけず素直に「はい」と頷いた。いつだったか、彼女との会話のことを「会社で部下に仕事の説明をしてるみたいな気分だ」と評したことを思い出した。

「でも、他の誰かから、赤ちゃん……授かってからでいいですか？」

〈さくら〉は遠慮がちに付け加えた。

自分を絶対的に承認してくれる存在を獲得するまでは、彼にそのポジションを務めていてもらいたいのだろう。「いま以上に深入りさせないのなら」と答えた。

「以前の彼氏とは、その後どうなんだ？」

「特に何も……たまに会ったりはしますけど、相変わらずお互いの立ち位置が分からなくて、ふわふわした感じです」

「誘ってみたら？」

「でも……」

「割り切って、セックスだけすればいいじゃないか。恋愛感情なんて気にせずに」

「そんなこと、言い出せません。たまに会っても、あんな雰囲気じゃ」

どんな雰囲気なのかは〈さくら〉から聞く断片的なものしか分からないが、その気がない男だろうが警戒している男だろうが、籠絡《ろうらく》する手管はいくらでもある。

「情緒不安定なペルソナを作って、ぎこちないまま固定されてしまった雰囲気を打破すればいい。不自然にはしゃいでみたり、急にしょげてみたり。そうやって彼を翻弄《ほんろう》して、心配させたところで、一気に迫る。女性ほどじゃないだろうけど、男もやっぱり、何か特別な行動を起こすときには言い訳を必要とするものだよ。『今日は彼女がちょっと普通じゃなかったから仕方なく寄り添って、そのまま同衾《どうきん》してしまっただけだ』などと腹の底で弁明しながら、応じるに違いないさ。ペルソナを作るのは得意だろう？」

「得意ってことはないですけど……」

〈さくら〉は曖昧に答えたが、答えながら頭の中で何か計算しているようにも見えた。

この頃、母が体調を崩して入院した。検査の結果、膵臓《すいぞう》がんが進行していることが判明し、手術を受けることになった。その関係でいろいろと私事が多忙となり、しばらくの間は〈シフォン〉へ通う余裕がなかった。

店のウェブサイトだけはチェックしていたが、十一月の第二週に〈さくら〉の出勤が入っているのを見た時、私の心の中でスイッチのようなものがカチリと音を立てた気がした。

5

私も穂乃花も、四杯目のドリンクになっていた。

「十一月のその週に出勤ってことは、つまり、『来なかった』っていうことですよね？」

穂乃花が遠慮がちに聞く。一瞬、何を言っているのかと訝《いぶか》しんだが、すぐに理解できた。

「そうだね」

「じゃあ、やっぱり、『あの時』だったんだ……」

うんうんと一人頷く。

「姉がそんなこと考えてたなんて、一緒に住んでたのに、ちっとも気がつきませんでした」

「お姉さんは、君には何も？」

「言ってくれてませんでした」

「言いあぐねていたんだろうね。もし聞かされていたら、君はどう感じたと思う？」

「それは、びっくりしたと思います。あと……ちょっと分かりません。すごく応援したい気持ちになったかも知れないし、頭おかしいんじゃないかって思ったかも知れないし」

正直な娘だと思った。

「君にショックを与えたくなくて言えずにいた、あるいは言うタイミングや言い方を悩んでいた。そんなところだろうね」

私の印象では、姉は優等生タイプで妹は享楽家タイプのようだ。一見、後者のほうが奔放でインモラルな性格を有していることが多いと思われがちだが、実際には前者のほうがストレスやルサンチマンによって自己を毀損《きそん》する場合が多いのかも知れない。

沖本明香里も、最後には自分自身を完全に毀損してしまった。実の妹ですら知らなかった彼女の事情を知っていた私は、それを防ぐことの出来た殆《ほとん》ど唯一の人間だった筈だ。

穂乃花に対する申し訳なさを胸に刻みつつ、私の語りは終わりに近づいていた。

＊　＊　＊　＊

母はあっけなく亡くなった。

通夜に、恵が来てくれた。彼女は離婚した相手だし、母とは確執もあったし、おまけに最近再婚したと風の便りに聞いていたから、来てもらう義理はないと思い連絡はしなかったが、共通の知人から知らされたのだと言った。

「お義母《かあ》さんは快く思わないだろうけど、一度は家族になった人だから、見送ってあげたい。単なるわたしのわがままよ」

「いや、来てくれて嬉しいよ。ありがとう。今は、どう?」

「可もなく不可もなく、ってところ。あなたは?」

「若干、不可かな。聞いてよければ、お子さんは?」

「今のところ兆しなし。もう、年齢的にはちょっと難しいかもね」

「三十八歳ならまだ間に合うさ」

「ありがとう」

蟠《わだかま》りなく会話を交わし、恵は帰っていった。

葬儀の後、数日会社を休み、気落ちしている父に代わって相続などの手続きを行った。平日の昼間に仕事以外で街なかを出歩くのは新鮮な気分だった。

銀行の帰りに、児童公園のそばを通った。二歳ぐらいの幼児を砂場で遊ばせている母親が目に留まった。まだ若い。〈さくら〉と同い年ぐらいだろうか。

心の中のスイッチが、また音を立てた。

十二月に入って、久しぶりに〈シフォン〉へ行き、〈さくら〉と会った。本来の周期なら五日から生理休暇に入るはずだが、〈さくら〉は継続して出勤していた。

待ち合わせ場所からホテルまではいつものように腕を組んで歩いたが、〈さくら〉は普段より心持ち私の腕にぶら下がるような姿勢になった。ほんの僅かな違和感だったが、彼女を観察してその理由が分かった。ヒールの低い靴を履いているのだ。

「先週、母子手帳をもらってきました」

ベッドに入るなり〈さくら〉はそう言った。私は「そうか……」と答えたきり、何も言えなくなってしまった。

初めて会った時から〈さくら〉の肉体は美しいと感じていたが、この日、実はそれは彼女としては万全の美ではなかったことを知った。ほとんど誤差の範囲ではあるが、彼女の体の曲線は、女性らしい豊かな美しさを更に増したように思えた。

「お店も辞めることになると思います」

「いつ頃?」

「そうですね……あと半月が限界かな」

自分の腹を大事そうにさすった。私もつい、彼女の手に自分の手を重ねていた。

「無理もないね。悪阻《つわり》も始まるだろうし。野暮なことを尋ねるが、彼にはこのことは?」

〈さくら〉はかぶりを振った。

「言ってません。言うつもりもありません。わたしが勝手にやったことだから、彼に迷惑はかけられない」

瞳《ひとみ》が優しく潤《うる》んでいた。〈さくら〉は今もその彼のことを好きでいるのだろう。本人は決して認めないだろうけれど。

「益田さんには、お世話になりました」

瞼をゆったりと閉じてゆったりと開いた。人事異動で転勤する部下の挨拶を受けている気分だった。しかし私は彼女との関係を職場でのそれに擬したいわけではなかった。

「礼は要らない。その代わり、私の頼みを聞いてもらえないか？」

「わたしに出来ることなら、何でも。お店のオプションサービスですか？」

最後の付け足しは本気ではなく軽口だろう。私はそれには答えず、スイッチを力いっぱい押し込んだ。

「私と、一緒になってくれないか」

狐《きつね》につままれたような表情とは、この時の〈さくら〉のことを言うのだろう。

「おっしゃることが……よく分かりませんが」

「妻になってくれないか、と言っている」

「いいえ、言葉の意味は分かります。どうしてそんなことを思って、どうしてそんなことを言うんですか？」

「君に惹かれている、というだけでは、理由にはならないか？」

〈さくら〉は半身を起こし、珍しい植物でも発見したかのように私の顔を見下ろした。

「わたしは、セックスワーカーです。しかも、お腹《なか》の中にはあなたの知らない男性の赤ちゃんがいます」

「知っているよ。一点目については、間もなく君はこの仕事を辞める。二点目については、私は自分の血を分けた子を持てないから、他人の子を育てることに支障はない。私は家庭を獲得し、君は子どもの父親を獲得できる。ウィンウィンの契約だとは思わないか」

〈さくら〉への思慕。彼女を他の男に触れさせたくないという独占欲。人生を毀損しかねない彼女に対して湧《わ》く庇護欲《ひごよく》。妻と子という一般的な家庭を持ちたいという願望。彼女が迷惑をかけまいと気遣いを寄せる彼への嫉妬。私のスイッチは、様々な感情を励起《れいき》した。

〈さくら〉の返答は意外なものだった。

「益田さん、わたし、怒りますよ」

私を睨《にら》む。

「そんな重大な決断を、思いつきみたいに簡単に言わないでください。ふざけておっしゃってるのなら、わたし、傷つきます」

「思いつきでもないし、ふざけてもいない」

私は、おそらく今までの人生で最大の熱弁を揮《ふる》った。

「自分の人生を全うする手段をずっと考えてきて、その結論がこれだ。君には結ばれない思い人がいる。それは承知している。だから、君が私のことを彼以上に愛してくれることは期待していない。いっそ、形だけの夫婦であっても構わない。ただ、君の子の父親にならせてほしい。私に、『家族』の一員にならせてほしいんだ」

少なくとも私が本気で言っていることだけは伝わったようだ。〈さくら〉の表情から険《けん》が取れた。

「真剣におっしゃってるのなら……お気持ちは嬉しいです。でも今度は、そう、さっきわたしが言ったのと反対ですね。そのお気持ちに応えていいのか、応えるべきなのか、わたしも軽々しくは決められないです。時間を、ください」

「無論だ。よく考えてくれればいい」

それから、自分の家族の状況、勤務先、経済状況、健康状態などを手短に説明した。

「君の本業は、産休や育休は取れる職場なのか？」

「はい。福利厚生はわりと充実してます」

「それは良かった。君が仕事を辞めて専業主婦になっても困らないだけは稼ぐ、と言いたいところだが、離婚以来、昇格が遅れているので、あまり大口は叩《たた》けないんだ。リストラされるまでは行かないと思うが」

「そこそこでもいいじゃないですか。わたし、ここ辞めたあと、お腹が安定してきたら、妊婦専門店に再就職しようかと思ってたんです。まだ稼ぎたいから。もし益田さんのお話を受けたら、再就職せずにすみますね」

「何の専門店だって？」

「妊婦さんのまるいお腹に興奮する男の人が一定数いるらしくて、妊娠中の女性ばかり集めてサービスするお店があるんだそうです」

〈さくら〉は悩ましげに笑った。私は笑っていいのか悪いのか分からず、曖昧に「それはすごいな」と返した。

ぴぴぴぴっ、と電子音がした。キャストはホテルに入室するとすぐ、終了時刻の二十分前にアラームが鳴るようにタイマーをセットする。その音だった。

「支度しようか」

「はい」

私と〈さくら〉は言い交わしてベッドから降り、シャワーを使い、体を拭いて、服を着た。

ホテルを出た。冷え込みの厳しい夜だったが、心の中は暖かかった。

待ち合わせ場所まで戻ってきた。私と〈さくら〉は向かい合って立った。

「さっきの申し出をした以上、〈シフォン〉の利用客として君と会うべきではないと思うから、もう指名はしない。だから、私の連絡先を教えておくよ」

名刺を一枚取り出して、裏面に携帯電話の番号を書き入れた。それを〈さくら〉に渡すと、彼女はその場で自分のスマートフォンから私宛《あ》てに発信してきた。私はそれをすぐに電話帳登録した。

「名前を聞いてもいいかい？」

「はい。沖本明香里、と言います」

漢字も説明してくれた。

「そう言えば私は、思い人の本名も聞かないうちからプロポーズしてしまったわけか」

苦笑した。この先、客とキャストという間柄でなく接するようになっても、彼女をうっかり〈さくら〉と呼んでしまうことがあるだろうか、などと考えた。

メッセージアプリのＩＤも交換した。

「すぐにはお返事できません。あと、さっきはわたし、乗り気みたいに見えてしまったかも知れませんけど、お話をお受けする確率は、そんなに高くないと思っていただいたほうがいいと思います。でも、嬉しかった。それは本当です」

「それならいい。受けてくれなくても、何らかの形で君を助けていけたらと思う。どんな返事でもいいから必ず聞かせてくれ」

「はい。必ずこちらから連絡します」

そう言うと彼女は、つ、と背伸びをして、私の唇に軽くキスをした。ほんの一瞬、触れたか触れていないか分からない程度のキスだった。

私から離れると、深く頭を下げた。

「ありがとうございました」

そして、夜の街へと消えて行った。その後ろ姿が〈さくら〉、いや、沖本明香里を見た最後だった。

＊　＊　＊　＊

話し終えた私は、大きく息をついた。頭の中が熱かった。

「私は真剣だったんだが、お姉さんはどう思っていたんだろうな」

愚痴のようになってしまった。

「益田さんのお話の通りだと思いますよ？　お気持ちは嬉しい、でもお受けするわけにはいかない、それで悩んでたんじゃないかな、って思います」

「しかし……」

必ず連絡をくれと言った。彼女も必ず連絡すると言っていた。しかし、一向に連絡はなかった。催促すべきではないと考えたから、私は待った。逸《はや》る気持ちを抑えて待った。

十月の生理の後の排卵日で受精したのだとすると、一般的には、私がプロポーズをした頃から年明けぐらいまでが悪阻のピークに当たる。彼女なりに闘っているのだろうと思い、正月までは待つことにした。

〈シフォン〉に通うことは止《や》めたが、ウェブサイトはチェックしていた。年が明けると〈さくら〉の名前と写真が消えていた。

年が明けても彼女からの連絡はなかった。どんな決断でも連絡する、と言っていたから、連絡がないのはまだ決断していないことを意味する。彼女の言葉を信じれば、だが。

「本当は、私の申し出は歯牙《しが》にもかけられていなくて、お姉さんは適当にあしらってそのまま放置するつもりだったんではないだろうか。そんな風にも思えてきてね」

「決断するまでは連絡をしない。中途半端な状態では益田さんに接したくない。失礼になるから。そう決めてたんだと思います。姉は、そんなところ、ありましたから」

「私の申し出を受けたいけど受けられない。その板挟みが、お姉さんを自殺にまで追いやった。そうは考えられないか？」

「ゼロだとは思いませんけど、それなら、元の彼氏さんとの関係のほうが、よっぽど板挟みだったんじゃないかな、って思います。だから、益田さんが責任感じる必要はないかな、って」

穂乃花は私を慰《なぐさ》めているつもりなのだろうが、彼女の言葉はむしろ私を責め立てた。その板挟み状態に明香里を追い込んだのは、誰あろうこの私なのだから。

元の彼氏を籠絡して子種をもらえばいい。そう唆《そそのか》したのは私だ。明香里の板挟みを知っていながら、そしてその板挟みから救い出すような申し出をしておきながら、その後は等閑《とうかん》に付し、能動的に連絡を取らずに明香里を放置していたのも私だ。もしもっと早く連絡していたら、こんな結末を迎えずに済んでいたことだろう。

「そこに追い込んだのは私だ。だから、私がもっと積極的に関与すればよかった。今となってはもはや償うことはできないが」

「そんなこと、言わないでください」

穂乃花が涙目になって訴える。

「だったら、実の妹のあたしなんて、どう償ったらいいんですか」

「君は、何も知らされていなかった。お姉さんが〈シフォン〉でダブルワークしていることも、自身の承認欲求を満たす究極の存在として赤ちゃんを作ろうとしていたことも。だから、君に何かができたわけではないだろう」

「はい……」

穂乃花は項垂《うなだ》れた。

自殺の動機が知りたくて関係のあった人たちに話を聞かせてもらってるんです、と穂乃花は言っていた。少なくとも明香里の元の彼氏、写真家、高校生の男の子、この三人はその対象だろう。いずれも明香里にとっては平穏な関係性ではなかったことが、彼女が語ってくれた断片的なエピソードからだけでも察せられる。誰か一人、どれか一つのエピソードが、そのまま決定的な要因になったわけではないにせよ、その全てが少しずつ彼女の心を傷つけ、人生を傷つけ、最後には奪ってしまった。そんな風に思えた。

だが——

「まさかとは思うが、ひとつだけ確認させてくれないか。もしそうなのだとしても、君を責めるつもりはない。真実が知りたいだけだ。知ったとしても、私がそれで何か行動を起こすこともない。ただ単に、ああそういうことかと諦《あきら》めるだけだから」

私が言うと、穂乃花は不安そうに「何でしょうか」と問うてきた。

「君は、嘘をついてはいないか？」

穂乃花は「えっ」と短く叫び、背後から脅《おど》されたかのように肩をびくっと上げた。

短い無言の後、震《ふる》えた声を発した。

「嘘……ですか」

「ああ。お姉さんが自殺した、というのは、本当のことなのか？」

穂乃花からそうだと聞かされただけで、私自身が明香里の死を確認したわけではない。

それが事実だという証左は、この場には存在しないのだ。

穂乃花は一転して声を荒らげた。

「どうしてそんなことを聞くんですか？　あたしだって、今でも信じたくありません。でも、受け入れなくちゃいけないって、そう思って、だから益田さんにもお話を……聞こうと……それなのに、酷《ひど》いです、そんな言い方……」

たちまち、両目から大粒の涙が溢《あふ》れ出した。私は狼狽《ろうばい》し、大慌てで弁明した。

「すまない。さっきも言ったが君を責める意図はない。ただ、お姉さんが私を拒絶するための方便として君にそう言わせているのでは、と思っただけなんだ。むしろ、そうであってほしかった。もしそうなら、私は喜んでお姉さんのことを諦める。心配しないでくれと伝えてほしい。そう言いたかったんだ」

「そういう意味ですか」

穂乃花の涙が止まった。

「ごめんなさい、大きな声、出しちゃって……姉が死んじゃったのは、本当のことです。ごめんなさい」

「いや、いいんだ。私のほうこそ悪かった。ただただ、お姉さんに生きていてほしかった。その思いだけだ」

「それは、あたしもです……」

気まずい沈黙が流れた。それを打破するためにわざとらしく腕時計を確認した。

「もうこんな時間になってしまった。そろそろ帰ったほうがいい。お姉さんについて、今日話したこと以外に思い出せたら君に知らせよう。それで構わないか？」

「はい。お願いします」

穂乃花は大きく頷いた。

「あと、もし何か困ったことや私で力になれることがあるなら、遠慮せずに連絡をしてきてくれればいい。君は私の義妹になっていたかも知れない人だ。これも何かの縁だろう」

「お気遣い、ありがとうございます」

「つらいだろうけれど、しっかり前を向いて生きていくんだよ。そして、お姉さんの分まで幸せになってほしい」

歯の浮くような台詞《せりふ》が、自然と口をついて出た。

「はい、頑張ります」

少し無理をしている感じはするが、明るく元気のよい答えが返ってきた。私は「それでいい」と言い、伝票を手にして腰を上げた。

店を出て、G駅まで肩を並べて歩いた。私と穂乃花とは乗車する路線が違うので、彼女が乗る路線の改札前で別れた。穂乃花は「ありがとうございました」と言い、何度も振り向いては会釈を繰り返しながら駅の中へと姿を消した。

私は駅から離れ、ハンバーガーショップの前へと赴いた。

こんな遅い時間帯だが、人待ち風情の若者が何人も見受けられた。その中には、〈シフオン〉のキャストや利用客もいるのかも知れない。

私はしばし佇《たたず》み、〈さくら〉の姿に思いを馳《は》せた。いつか穂乃花にも、そして私にも素晴らしい家族ができるようにと祈りつつ、家路についた。

エピローグ

隆也さんは「似合ってるよ」って褒めてくれるけど、やっぱりリクルートスーツって好きになれない。ってか、一生のうちで今だけ、ほんの短い時期にしか着ない服だから、似合っててもあんまり意味ない。

でも、似合うって言ってもらえることは嬉《うれ》しい。

窓の外は小雨。車が走り過ぎるたび、ヘッドライトに雨粒が浮かび上がる。もう梅雨《つゆ》入り宣言って出たんだっけ。

でも、あたしの心の中は、どっちかっていうと晴れ模様。

「穂乃花ちゃんも、これでひと安心だね」

隆也さんが優しい声で言う。

「ありがとうございます」

あたしは、ぴょこんと頭を下げた。

内々定第一号が出た。第一志望の会社じゃないから、まだ就活は続けるし、だから今日もこんなカッコして面接とか行ってきたけど、ホント、まずはひと安心。

それを連絡したら、隆也さんが「お祝いに晩ごはん奢《おご》るよ」って言ってくれた。

連れてきてくれたのは、何だか値段の高そうなお店。ガイド本とかにも載ってて、女の子に人気ありそうな素敵なレストラン。

「いいんですか、こんな……」

遠慮しながら言ってみたけど、

「もうすぐボーナスも出るし、気にしないでいいよ。僕も一度来てみたかったし、穂乃花ちゃんの内々定祝いを出汁《だし》にして、ってところかな」

だって。あたしに気を遣わせないように、そんな言い方してくれてるんだと思うと、やっぱり隆也さんは優しい。

でも、隆也さんはこう付け加えた。

「明香里を連れてきてあげたかったな」

あたしの胸がちくっと痛んだ。

お姉ちゃんが亡くなって、五か月近く。その間、隆也さんはよくあたしの相談に乗ってくれたりしていた。

――大学の先輩として、就活のアドバイスとか、明香里が生きていたら穂乃花ちゃんにしてあげただろうことを、明香里の代わりに、僕にさせてくれないかな。

そんなふうに言ってくれた。

――じゃあ、お兄ちゃんですね、隆也さん。お姉ちゃんの代わりなら。

あたしが言うと、隆也さんは「そうだね」と嬉しそうに、寂しそうに笑ってた。

実際、就活ではすごく助けてもらった。やっぱり、身近で、本音で話してくれる経験者がいると、安心感がぜんぜん違う。おかげで、ここまで順調に来られた。

「ほんと、お世話になりました。隆也さんのおかげです」

「お礼はいいよ。明香里の代わりができて、僕も嬉しいから」

そう言って、隆也さんはちょっとだけ、窓の外に視線を移した。ああ、お姉ちゃんのこと考えてるんだろうな、って何となく分かった。

「お仕事、忙しいのに、ほんとありがとうございました。今日も」

ちょっと大きめの声で言ってみた。隆也さんはあたしのほうを向いて、

「こういうことは順送りだしね。穂乃花ちゃんも来年の今ごろは、ＯＧとして後輩のヘルプをしてるかも知れないな。それで、今の僕みたいに、『お仕事忙しいのにありがとうございます』とか言われてるんだよ、きっと」

「えへへ、まだちょっと想像できないです」

あたしは舌を出した。

隆也さんはビール、あたしはグラスワインで乾杯をした。

ワインも、お料理も、とっても美味《おい》しかった。お勘定、高そうだけどホントにいいのかな。甘えちゃって。

でも、もう言わないことにした。隆也さん、またきっと「明香里の代わりだから」って言うと思う。それが、つらい。

お姉ちゃんが自殺しなくちゃならなかった理由。それがあるとしたら何だったのか知りたくて、隆也さんと、他に三人の男の人に話を聞いた。

隆也さんは、「他の人に聞いて何か分かったら教えてほしい」って言ったけど、結局あたしは、あまり詳しい話は隆也さんには言わなかった。隆也さんも、根掘り葉掘り聞こうとはしてこなかった。

聞かせてもらったお姉ちゃんの話、すごく意外なことばかりで、びっくりした。とてもじゃないけど、全部を隆也さんに伝えることはできないって思った。

隆也さんの心の中には、まだお姉ちゃんがいる。そのお姉ちゃんの姿を、あまり汚したくない。隆也さん、きっと傷つくし、お姉ちゃんも傷つく。

直接、それだけで自殺の動機になるような大きなきっかけは、四人の人の話からは分からなかったけど、お姉ちゃんがたくさんの悩みごとや問題を抱えていたことは、よく分かった。

だから、死んじゃおうかなと思った、って口走ったこともあったみたい。そして、だから、隆也さんにも、その程度のことを伝えた。

「決して、隆也さんのせいじゃありませんから」

って、それだけはしっかりと伝えた。隆也さんは頷《うなず》いてくれたけど、心の中ではそうは思ってないんだろうな、っていうのが見てとれた。

ほんとうに、そうじゃないのにな。隆也さんのことを苦にして自殺しちゃったわけじゃないのにな。

でも、そこが隆也さんの優しさだと思う。

そんな隆也さんに愛されて、そんな隆也さんを愛して、お姉ちゃんは幸せな人だった。

あたし、隆也さんのこと、「お兄ちゃん」なんて言っちゃったけど、もし隆也さんとお姉ちゃんが結ばれてたら、「お義兄《にい》さん」って呼んでたのかな、って想像してみたりする。

それは素敵なことだったろうな。あたしの自慢のお姉ちゃん。優しくてかっこいい隆也さん。二人が一緒になって、あたしはそれを心から祝福したり、冷やかしたりする。

想像するだけで、嬉しくて、楽しくて、笑顔になってしまう。

——でも、その笑顔は、すぐに消えてしまう。だって、それはただの想像だから。もう決して実現しないことだから。

そう、決して実現しないことだから。

最初から、実現するはずがなかった。二人が結ばれる未来なんて、なかった。

だって、あたしのほうがお姉ちゃんより何百倍も隆也さんのことを好きだから。

あの日の衝撃を、あたしは絶対に忘れない。それこそ、航星くんじゃないけど、外から見てる第三者みたいな視点で思い出せるし、あたしと隆也さんが口にした言葉も、字幕を読むみたいに一文字も間違えずに、頭の中で再現できる。

隆也さんと初めて出会った、あの日。

世の中に、一目ぼれってホントにあるんだって、あたしはあの時に知った。

お姉ちゃんの恋人だって分かってるのに、気持ちは止められなかった。

でも、仕方ないよね。そんなこと関係なく、会ったとたんに好きになっちゃうことって、あるんだもん。気持ちを止められたら、そんなの、恋じゃない。

それに、お姉ちゃんはあたしの憧《あこが》れだし、尊敬する人。そのお姉ちゃんが好きになった人なんだから、あたしも好きになっちゃうのは、ぜんぜん、不自然じゃない。

小さい頃《ころ》から、お姉ちゃんの真似《まね》ばかりしてきた。お姉ちゃんに憧れて、お姉ちゃんが持ってるもの、やってること、たくさんたくさん真似してきた。真似しきれないこともあったけど、たいていはお母さんやお姉ちゃんが「しょうがない子ね」なんて笑いながら、あたしの欲しいもの、したいことを叶《かな》えてくれた。

今までは、それでよかった。仲良し姉妹でいられた。

でも、隆也さんは違う。隆也さんはこの世に一人しかいない。

だったら、お姉ちゃんには別れてもらうしかない。でもあたし、お姉ちゃんみたいにきれいじゃないし、頭もよくないし、勝ち目なんてない。

でもでも、隆也さんは、大学であたしを見かけるたび、必ず声をかけてくれた。まぶしそうに目を細めて、「頑張ってるね」って声をかけてくれた。

ああ、頑張ってるあたしを、隆也さんは見てくれてるんだ。それも、あんなに愛情がこもった優しい目で。もう、身もだえするほど嬉しかった。

だったら、頑張らなきゃ！　隆也さんの期待に応えなきゃ！

だから、頑張ってみた。一生懸命、考えてみた。

真正面から「別れてほしい」なんて言ったって、二人の仲を裂くどころか、あたしが軽《けい》蔑《べっ》されておしまいだ。だから、工作した。

隆也さんの部屋への入り方はすぐ分かった。お掃除も、お料理も、その日に備えて、密《ひそ》かに腕を磨いておいた。

ずるいことしてる、っていう自覚はあった。だから、少しでもフェアになるように、お姉ちゃんにもチャンスをあげた。部屋に残した髪の毛があたしのものだって、お姉ちゃんが気づくかどうか。もし気づかれたら、ちょっとしたいたずらで通すつもりだった。

お姉ちゃんは、気づかなかった。

「隆也さんが帰ってくる頃に、『やっぱり会いたくて来ちゃった』ってやってあげたら、喜ぶんじゃないかな」なんてわざわざ勧《すす》めたんだけど、それも怪しまれなかった。二人は、喧嘩《けんか》別れした。

　お姉ちゃんに対して申し訳ないって気持ちはあったから、お詫《わ》びのつもりで事前にちょっとしたプレゼントをしておいた。〈ARIEL〉の編集部に、お姉ちゃんの情報をメールした。あんなにうまく行くとは思わなかったけど、おかげで隆也さんはお姉ちゃんを思い切ることができたし、お姉ちゃんは巴さんとよりを戻して、何もかも丸く収まった。

　それからは我慢の連続。お姉ちゃんと別れたら、隆也さん、すぐにあたしの方を見てくれるかな、って期待したけど、そんなに簡単じゃなかった。でも、我慢。お姉ちゃんと別れた後すぐ、妹のあたしがのこのこアプローチしたんじゃ、わざとらし過ぎる。隆也さんの方から振り向いてほしかった。

　それに、四年生の隆也さんはすぐ卒業して社会人になってしまう。まだ大学生のあたし相手じゃ、物足りなくなるんじゃないかな、って心配だった。だから、とにかく、隆也さんに悪い虫がつかないように、必死。ホントに大変だった。

　二年近く、そうやって頑張ってたら、「悪い虫排除作戦」が裏目に出て、なんと隆也さん、お姉ちゃんと接触しちゃった。あの時は焦《あせ》った。しくじったと思った。お姉ちゃん、巴さんとはもう別れててフリーだったし。

ラッキーなことに、お姉ちゃんは隆也さんと復縁するつもりはなさそうだった。航星くんや益田さんの話を聞いた今となっては、そりゃ当然だろうなって思えるけど、あの時は不思議に思いながら、しんそこ胸をなで下ろしてた。

お姉ちゃんも、他の悪い虫と同じように排除する手もあったんだけど、敢《あ》えてそれをしないことで、隆也さんがお姉ちゃんをストーカーだと疑い続けてくれたらいいな、って計算した。これはうまく行かなかったけど。

あたしが社会人になるまで、あと一年とちょっとの辛抱《しんぼう》。そう思ってた。

そして、あの夜。

お姉ちゃんは、久しぶりに夜遅く帰ってきた。あたしはもうパジャマに着替えて寝るところだったんだけど、お姉ちゃんが珍しく「少し喋《しゃべ》らない？」って誘ってきたんだ。

「いいよ」

あたしは答えて、カーディガンを羽織った。お姉ちゃんは飲み物の用意をしてくれた。

こんな時、お姉ちゃんは夏場なら白ワイン、冬場ならホットの赤ワインを飲むのが習慣で、あたしも二十歳超えてからは真似してたんだけど、そういえばお姉ちゃん、最近お酒を飲まなくなったな、なんて思いながら、お姉ちゃんがハーブティーを入れるのをぼんやり眺めてた。

お姉ちゃん、着替えもせずにテーブルに着いた。あたしも座った。

「今日、隆也と会った」

お姉ちゃんが切り出した。時おり会ってるのは知ってたから、「うん」とだけ答えた。

「やり直さないか、って言われたわ」

血の気が引いた。

「お姉ちゃん、『何のために会ってるのか、彼の気が知れない』って、言ってなかった？」

「言ったわ。今日、彼、初めて本音を明かしてくれた。その言い方が、いかにも彼らしくて。やり直して、もしダメだったら、今度はちゃんと別れよう、だって」

お姉ちゃん、ちょっと笑った。気が気じゃなかった。

「それで、どうするの？」

「実はね」

お姉ちゃんは、何か重大な決心をするみたいに、お茶をひと口飲んで、それから目を閉じてふーっと息を吐いた。きれいだな、って見とれてしまった。

「わたし、お腹《なか》の中に、彼の赤ちゃんがいるの」

打ちのめされた。年末ごろにお姉ちゃんが具合悪そうだったのは、それだったんだ。気づけなかった自分のうかつさを呪《のろ》いたい気持ちだった。

「どうして……いつ……」

「わたし、子どもがほしかったの。どうせなら隆也の、って思って。だまし討ちみたいなものね。だから、彼は知らない。知らせるつもりもなかった」

なかった？

「今は、つもり、あるの？」

「今日、わたしは、彼にこう言おうとしてた。もう会うのは止《や》めましょう、って。そしたら彼、真逆のこと言い出して。なんだか見透かされたみたいで、笑いそうになったわ」

「それで、どうするの！」

声が高くなった。しまった、って思ったけど、お姉ちゃんは気にした様子はない。

「一日、考える時間をもらった。でも、もう結論は出てる」

どきどきして続きを待った。

「明日、全部話そうと思う。彼と別れてからのわたし。今のわたし。お腹に赤ちゃんがいること。きっと、彼はわたしを受け入れられない。それだけのことをわたしはしてきたから」

ああ、よかった。お姉ちゃんは断るつもりなんだ。よかった。

「その上で、隆也に委《ゆだ》ねる。もし彼が、それでもいい、なんておめでたいことを言うようなら——」

すごく、きれいな笑顔。

「――わたしも、もう一度信じてみる。彼と、わたし自身を。時間は巻き戻せないけど、やり直すことはできるかも知れないから」

ダメだ――あたしは、本能的に絶望した。

優しい隆也さんは、きっとお姉ちゃんを許して、受け入れてしまうだろう。隆也さんはそういう人。そして、大きな危機や遠回りを乗り越えた二人は、きっと、昔よりも強く結ばれてしまうに違いない――明日になれば。

人生、勝負しなきゃいけない時って、ある。この時が、そう。

あたしは、一か八かの賭《か》けにチャレンジした。

万が一のために考え抜いておいたことを、実行することにした。

「えーっ、よかったじゃん！」

あたしは小躍《こおど》りする勢いで言った。

「きっと、うまく行くと思うな。そうなったら、なんか、あたしも嬉しいかも」

「ほんと？　穂乃花がそう言ってくれるなんて、わたしも嬉しい」

「ねえねえ、隆也さんの話、もっといろいろ聞きたい。夜更かししてもだいじょうぶ？お姉ちゃん」

「いいけど」

「じゃ、先にお風呂《ふろ》入ってきたら？　シャワーだけでも。お姉ちゃんとゆっくりお喋りしたい気分！」

そう言って、お姉ちゃんをお風呂に追いやった。

お姉ちゃんの部屋に入って、以前から置き場所を把握《はあく》しておいた睡眠剤を持ってきた。

お姉ちゃん、着替えて戻ってきた。会話が上の空にならないように気をつけた。

薬が溶けたお茶をお姉ちゃんが飲んでる間、神さまに祈った。どうか気づかれませんように。色や味や匂《にお》いで気づかれませんように。

お姉ちゃん、眠りに落ちた。

火事場の馬鹿力って、本当に、ある。お姉ちゃんの体を必死になって運んだ。

お姉ちゃんの部屋のドアを閉めて。

ドアノブの下に大きなクッションを置いて、その上にお姉ちゃんを座らせて。

結んだタオルを首とドアノブに掛けて。

頑張って、クッションを抜いた。ホントに頑張った。

もう、後戻りはできない。

十分ぐらいかかる、ってネットの記事で読んだことがある。

十分が、長かった。

もう、いいかな、って思って、お姉ちゃんとお別れすることにした。

ホントは遺書とか用意したかったんだけど、急なことだったから、用意できなかった。

ふと思いついて、スマホを使うことにした。

お姉ちゃんのスマホを持ってきた。指紋が付かないように、ハンカチで包んで持った。

ロックがかかってるけど、お姉ちゃんは確か指紋認証を使ってたから、お姉ちゃんの手を取って、認証センサーに指を滑らせた。

解除できなかった。

あれーっ、と思った。焦った。

お姉ちゃんの指で待機画面をスワイプさせたら、インカメラの顔認証が設定されていた。

お姉ちゃんの顔にかざしてみたけど、解除できなかった。顔認証って、髪型変えたり、眼鏡かけたりしても識別するけど、目をつぶってると反応しない、って聞いたことがあった。

しかたがないから、お姉ちゃんの二つの瞼《まぶた》を、指で上に引っ張り上げた。うまくいくかどうか自信なかったけど、長いことそうやって持ってたら、何とかその状態を保つようになった。

顔認証でスマホのロックを解除して、メッセアプリ立ち上げて、あたし宛てのログに《ごめんね》って打ち込んだ。お姉ちゃんからみんなへの、お別れの挨拶《あいさつ》のつもりだったけど、あたしからお姉ちゃんへのお詫びのつもりでもあった。

ロックの設定そのものを解除して、スマホをお姉ちゃんの手に持たせた。握れないから床に落ちた。

サッシ窓からベランダに出て、自分の部屋に戻った。

ベッドに入ったけど、体の震えが止まらなかった。眠れないから、布団から出て、台所へ行って洗い物をした。それで気持ちが少し落ち着いたせいか、もう一度ベッドに入ったら、今度は眠りにつくことができた。


けたたましいベルの音で目が覚めた。


「すっごく美味しかったです！　ごちそうさまでした！」

子どもみたいにはしゃいだ声で、隆也さんにお礼を言った。

「喜んでもらえて良かったよ」

隆也さんも嬉しそう。

お店の外。静かに降り続く雨の中、あたしと隆也さんは、それぞれ傘をさして、駅までの舗道を並んで歩きはじめた。傘忘れてきちゃいました、って言って相合傘にするっていう手もあったけど、ちょっとあざと過ぎるかな、って思って、やめておいた。

今は、これぐらいの距離感でもいいんだ。今はまだ、お兄ちゃんと妹みたいな関係だけど、これからゆっくり近づいていって、あたしのこと、もっと知ってもらって、好きになってもらっていく。それが楽しみ。

「ほんと、美味しかった……お姉ちゃんにも、食べさせてあげたかったな」

わざと、そう言ってみた。隆也さんは、「そうだね」って答えた。亡くなった姉のことを今も大切に思ってる妹、っていう感じ、伝わったかな？

巴さん、航星くん、益田さんに聞いたこと、隆也さんにはほとんど話さなかった。隆也さんの中のお姉ちゃんを汚したくなかったからだけど、死者に鞭打《むちう》つような女の子だって思われるのは、もっと嫌だった。

素敵なお姉ちゃん。そして、それ以上に魅力的なあたし。そう思われたい。

あたし、お姉ちゃんのことが好き。今でも、好き。きっと、昔より好きだと思う。あたしが何をしても勝てなかった、遠い存在みたいなお姉ちゃんより、奔放で、ズルくて、ふしだらで、弱々しいところもたくさんあった、って知った、今のほうが。

でもね。そんな女、隆也さんにはふさわしくない。

だから、もう後悔はしていない。

自殺に値するような、ズバリの動機は見つけられなかったけど、みんなの話を総合すると、お姉ちゃん、死んで当然かな、って思えちゃう。

それに、巴さんや航星くんは、お姉ちゃんの死をきっかけに新たな一歩を踏み出せそうだから、結果オーライかな。

隆也さんの赤ちゃんもいっしょに死んじゃったけど、だまし討ちだってお姉ちゃん自身が言ったんだもん。そんなの、良くないことだし、赤ちゃんはやっぱり周囲の人みんなに祝福されて生まれてくるんじゃなきゃ、かわいそうだよね。だから、今回はリセットってことで。

残念だな。お姉ちゃんが、隆也さんとやり直そうとさえしなけりゃ、ずっと仲良し姉妹でいられたのにな。

大好きなお姉ちゃん。どうか、心配しないでね。

あたし、お姉ちゃんの分まで隆也さんを愛してあげるし、お姉ちゃんの分まで隆也さんに愛してもらうし、お姉ちゃんの分まで幸せになるから、遠くであたしのこと、見守っていてね。


「穂乃花ちゃん、行くよ」

考えごとしてたら、信号が赤から青に変わってた。

「はーい。隆也さん」

可愛《かわい》く返事をして、隆也さんのそばへ駆け寄った。

この作品は徳間文庫のために書下されました。
なお本作品はフィクションであり実在の個人・団体などとは一切関係がありません。

徳間文庫

きっと、誰《だれ》よりもあなたを愛《あい》していたから

2019年9月15日 初刷

著者 井《いの》上《うえ》剛《つよし》
原案 栗俣力也《くりまたりきや》

発行者 平野健一

東京都品川区上大崎三―一―一 〒141―8202
目黒セントラルスクエア

発行所 株式会社 徳間書店

電話 編集〇三(五四〇三)四三四九
販売〇四九(二九三)五五二一

振替 〇〇一四〇―〇―四四三九二

印刷
製本 大日本印刷株式会社

ISBN978-4-19-894497-1 (乱丁、落丁本はお取りかえいたします)